KB244275

복희고

伏羲考

지은이

원이둬聞一多, Wen, Yiduo(1899~1946) 20세기 전반 중국의 대표적 시인이자 학자이다. 본명은 자화家驊, 자는 유싼友三이며, 호북성湖北省 희수현浠水縣에서 태어났다. 청화학교淸華學校를 졸업하고 1922년부터 미국의 시카고, 콜로라도, 뉴욕에서 미술과 문학을 공부하였으며, 유학시절 첫 시집인『홍촉紅燭』을 펴냈다. 1925년 귀국한 이후 신월사新月社에 참여하며 '신월파' 시인으로 불리게 되었고, 이후 1927년 가을 남경南京의 중산대학中山大學에서 교편을 잡았다. 1928년에는 두 번째 시집『사수死水』를 펴냈으며, 그해 3월에는 잡지『신월新月』의 편집을 맡게 되었다. 1930년에는 청도대학靑島大學의 문학원장을 맡게 되었고 이후 모교인 청화대학淸華大學 중문과로 옮겼다. 1937년에 중일전쟁이 일어나자, 운남성雲南省 곤명昆明으로 피신하여 서남연합대학西南聯合大學 교수를 지내며,『주역周易』,『시경詩經』,『장자莊子』,『초사楚辭』 등을 연구하는 한편 중국신화와 민속학 등에도 주요한 논고들을 남겼다. 1943년 이후 국민당의 부정부패와 독재에 반대하는 투쟁을 벌이기 시작하였고, 1945년에는 민주동맹 중앙위원을 맡으며 국민당의 내전에 격렬히 반대하였다. 1946년 7월 15일 국민당에 암살당한 리궁푸李公朴 추모대회에서 국민당을 통렬히 비난하는 유명한 연설 '마지막 강연最後一次的演講'을 발표하고 귀가하던 길에 국민당 특수공작원이 쏜 총탄에 맞아 세상을 떠났다. 유작으로 그의 친구였던 주쯔칭朱自淸 등이 편집한『원이둬전집聞一多全集』8권(1948)이 있다.

옮긴이

홍윤희洪允姬 Hong, Yoonhee 연세대학교 중어중문학과를 졸업하고 동대학원에서 「중국 근대 신화담론 형성 연구」로 박사학위를 취득했다. 중국신화와 전통문화의 교류 및 그 현대적 의의 등에 관심을 가지고 있다. 고려대학교에서 학술연구교수를 거쳐 현재 민족문화연구원 HK연구교수로 재직 중이며, 국제둔황 프로젝트 서울센터(IDP SEOUL) 간사를 맡고 있다.『신화의 이미지』,『중국신화사』,『신화 이론화하기』 등을 번역했으며,『이야기가 있는 중국문화 기행』,『용과 중국인, 그리고 실크로드』 등의 책을 썼다.

문화동역학라이브러리총서 02

복희고

초판인쇄 2013년 5월 1일 **초판발행** 2013년 5월 10일
지은이 원이둬 **옮긴이** 홍윤희 **펴낸이** 박성모 **펴낸곳** 소명출판 **출판등록** 제13-522호
주소 서울시 서초구 서초동 1621-18 란빌딩 1층
전화 02-585-7840 **팩스** 02-585-7848 **전자우편** somyong@korea.com **홈페이지** www.somyong.co.kr

값 15,000원   ⓒ홍윤희, 2013

ISBN 978-89-5626-857-6 94820
ISBN 978-89-5626-851-4 （세트）

이 책은 2007년 정부(교육과학기술부)의 재원으로 한국연구재단의 지원을 받아 수행된 연구임(NRF-2007-361-AL0013).

고려대학교 민족문화연구원
문화동역학 라이브러리 02

복희고
伏 羲 考

Fuxi kao

원이둬 저 · 홍윤희 역

문화동역학 라이브러리 문화는 복합적이고 역동적인 구성물이다. 한국 문화는 안팎의 다양한 갈래와 요소가 상호작용하는 과정을 통해 끊임없이 변화해왔고, 변화해 갈 것이다. 고려대학교 민족문화연구원이 주관하는 이 총서는 한국과 그 주변 문화의 복합적이고 역동적인 양상을 추적하고, 이를 통해 한국 문화는 물론 인류 문화에 대한 새로운 통찰과 그 다양성의 증진에 기여하고자 한다. 문화동역학(Cultural Dynamics)이란 이러한 도정을 이끌어 가는 우리의 방법론적인 표어이다.

소명출판

일러두기

1. 이 책은 聞一多, 朱自淸 編, 『聞一多全集』, 上海開明書店, 1948에 수록된 「伏羲考」를 저본으로 하였다.
2. 책명은 『　』, 편명과 글명은 「　」으로 표시했고, 노래명, 악곡명과 편명 속에 포함된 글명 등은 〈　〉으로 표시하였다.
3. 저자가 책명은 생략하고 편명만 언급한 경우, 국내 독자에게 익숙하지 못한 편명은 역자가 책명을 함께 병기하였다.
4. 인명은 해당 인물의 주요 활동 시기가 20세기 이후인 경우 중국어음으로 표기하고, 이전인 경우는 한자음으로 표기하였다.
5. 지역명은 한자음으로 표시하였다.
6. 중국어 한글 표기법은 국립국어원의 외래어표기법을 따랐다.
7. 한자가 한글독음과 일치하는 경우 병기, 불일치하는 경우 ( )로 표시하였다. 단 인명은 병기로 표시하였다.
8. 고유명사나 주요 개념어의 한자는 각 장에서 처음 나올 경우에 병기하는 것을 원칙으로 하되, 문맥상 필요한 곳은 더 표시하였다.
9. 원주와 역주는 모두 각주 처리했으며 역주의 경우 【역주】로 표시하였다.
10. 문맥상 짧은 설명이 필요할 경우 ( )로 표시하였다.
11. 고유명사나 원문 인용에 있어서 원서의 오류는 역자가 바로잡았으나, 문맥의 의미가 달라질 경우는 원서를 따랐다.
12. 원서에서 한 문단이 너무 긴 경우는 가독성을 위하여 문단을 적절히 구분하였다.

현대 중국신화학의 태동과 항전기 신화학

중국에서 현대적 의미의 신화학이 시작된 것은 이제 1세기 남짓 되었다고 할 수 있다. 일반적으로 그 시작은 1903년 재일본 중국인들이 중심이 되어 발간한 잡지 『신민총보新民叢報』[1] 36호에 실린 장관원蔣觀雲의 글 「신화와 역사가 길러내는 인물(神話歷史養成之人物)」로 본다. 이 글은 무엇보다 중국인의 문헌에 처음으로 '신화神話'라는 단어가 등장한 글이라는 의의가 있다. 다시 말해 1903년 이전의 중국에는 신화라고 할 만한 이야기들은 존재하고 있었지만, 그 이야기들이 '신화'라는 독립된 개념으로 포착되지는 않았다고 할 수 있다. 따라서 동아시아에서 서양학문을 일찍 받아들인 일본이 'myth'를 '神話(しんわ)'로 번역하며 서구신화학을 수용하고, 다시 중국이 '神話(shenhua)'라는 용어를 도

---

[1] 『신민총보』는 변법유신운동이 수포로 돌아간 뒤 일본으로 망명한 량치차오梁啓超가 개혁의 의지를 버리지 않고 '신중국 건설'을 위해 새로운 국민(新民)을 길러내기 위해, 1902년 2월 8일 요코하마에서 창간한 잡지이다. 량치차오는 새로운 국민을 길러내기 위한 교육의 방침은 '덕육德育'과 '지육智育'의 두 방면으로 제시되었고, 이렇게 국민을 유신維新하는 것이 국가를 유신하는 길이라고 생각했다. 『신민총보』의 주요 집필진이었던 장관원 역시 이런 입장에 서 있었다고 볼 수 있다.

입하면서 '신화'라는 개념이 생기고, 그와 함께 일정한 이야기들이 '신화'로서 발견되어 사유의 대상이자 담론의 대상이 되었다. 따라서 초창기 중국신화학에는 신화를 발견해야 하는 '신화제작자의 방식'과 그 신화를 고찰하고 분석하는 '신화학자의 방식' 모두가 요구되었다고 할 수 있다. 어떤 의미에서는 연구자의 시선이 어떤 대상을 포착하고, 어떤 해석을 내리는가에 따라 대상 자체가 발견되거나 일정 정도 발명된다는 것은 학문 일반의 문제일 수 있지만, 근대 중국신화학을 비롯한 동아시아 신화학은 출발점부터 그런 성격이 특히 강했다고 할 수 있다. 서구 열강의 압박과 수탈을 당하며, 약육강식과 적자생존의 논리를 세계질서의 이치로 받아들인 근대 동아시아는 서구 학문과 문명을 받아들이는 것을 일정 정도 생존의 방법으로 삼았고, 서양 인문 정신의 근원에서 그리스 로마 신화를 발견했기 때문이다.

장관원의 글은 이런 문제의식을 잘 보여주는 예이다. 그는 "한 나라의 신화와 역사는 모두 인간 심리에 막대한 영향을 끼친다"라는 전제 아래 그는 인도의 신화가 심오하기 때문에 인도의 사상도 심오한 것이고, 그리스 신화가 우아하고 아름답기 때문에 그리스에서 우아하고 아름다운 기풍을 숭상한 것이라고 한다. 그리고 위대한 인물이 되기 위해서는 모범이 있어야 하는데, 신화와 역사는 영웅호걸의 언행과 같은 모범을 보여줌으로써 인간의 심리에 영향을 끼쳐 한 나라의 위대한 인물을 만들어 낼 수 있다고 보았다. 이것은 신화가 그만큼 중요하다는 인식이기도 했지만, 한편으로는 중국에 반드시 신화가 있어야 한다는 인식이기도 했다. 중국의 입장에서는 수천 년 역사를 지닌 문명고국인 중국에 그리스 로마 신화에 버금가는 아름다운 신화가 있어야 함이 마땅한 것이었기 때문이다. 그리고 그것은 무엇보다 '문학'이어야 했다. 따라서 이후 1920년대 중국의 신화학은 루쉰魯迅, 후스胡適, 마오둔茅盾 과 같은 문학가들이 바통을 이어 받는다. 그런데 문제는 그리스 로마 신화와 달리 중국의 옛 문헌에서는 아름답게 문학화된 신화를 찾기가 매우 어렵다는 점이었다. 따라서 1920년대 중국신화학의 주요 논점은 '중국신화의 단편성斷片性'에 대한 진단이었다고 할 수 있다. 이들은 현 실을 중시하는 유가사상에서 그 원인을 찾기도 하고, 중국신화의 역사 화·철학화에서 그 원인을 찾기도 하였다. 그리고 이들은『산해경』이 나『초사』와 같은 한족漢族의 옛 문헌에서 그 흔적을 찾고자 하였다.

한편 1920년대부터 서구의 인류학계에는 말리노프스키와 래드-클 리프 브라운 등을 위시한 기능주의 학파의 필드워크 방법론이 유행하 게 되었고, 이 시기 구미에서 유학했던 우원차오吳文藻, 차이위안페이蔡 元培 등이 귀국하여 중국에 기능주의 인류학을 열성적으로 소개한다. 이로 인해 중국에서도 1920년대 말부터 민족학·민속학 방면에서 현 지조사를 장려하는 분위기가 형성되고, 이는 중국신화학에도 영향을 미친다. 이것은 중국신화학사에 있어서 1937년 이전과 이후를 가르는 중요한 요인이 된다. 20세기 전반 중국의 신화학 발전사는 대체로 5· 4운동 이전까지의 맹아단계, 5·4 이후 항전抗戰시기 이전까지의 기초 단계, 항전시기의 발전단계로 구분하여 본다. 그런데 여기서 항전기 이전과 이후를 구분하는 데에는 단지 '항전'이라는 사건만 기준이 되는 것은 아니다. 이 시기는 앞서 일본의 침략을 피하여 중국의 주요 대학 들과 학자들이 중국의 서남부로 피신하여 서남연합대학을 형성한 시 기이다. 그리고 이것은 단지 학교와 연구자들의 이동만이 아니라 새로운 학문대상이 포착되는 계기가 되기도 했다. 흔히 '운雲-귀貴-천川' 지역이라고 부르는 운남, 귀주, 사천 등 중국 서남부에 집중되어 있는 소수민족들의 민속과 신화가 연구자들의 시야에 들어온 것이다. 그리하여 1920년대 말부터 활발히 소개되기 시작한 인류학의 현지조사 연구는 이 생생한 연구대상들을 발견하며 새롭게 꽃피웠고, 항전기 신화학은 바로 이런 자장 안에 놓여 있었다.

또한 서남부에서 현지조사에 기반한 '민족지학'은 1930~1940년대 열풍을 일으킨 변강에 대한 논의와 맞물려 당시 중국의 민족관념을 형성하는 데 큰 역할을 하게 되었다. 이것은 항전기 신화학이 이전의 신화학과 성격을 달리하는 결정적 원인이 되었다. 이 시기에는 소수민족 신화와 한족 신화의 동일기원론을 뒷받침할만한 근거를 찾으려는 시도가 많이 이루어졌고, 이런 연구의 성과들은 민족동화론이나 민족일원론의 방증이 되곤 하였다. 그중에서도 가장 주목을 받았던 테마가 중국 서남부에 널리 퍼져 있던 '홍수 후 남매혼 신화'였고, 그중 가장 대표적 업적으로서 후대에 막대한 영향을 미친 것이 바로 원이둬의 『복희고』였다.

『복희고』의 구성과 주요 논의

『복희고』가 '복희고'라는 제목으로 첫 선을 보이게 된 것은 원이둬가 세상을 떠나고 2년 후인 1948년 『원이둬전집聞一多全集』(상해개명서점上海開明書店)을 통해서였다. 원래 『복희고』를 구성하고 있는 글들은 독립된 네 편의 논문이었다. 1940년대 초, 원이둬는 ①「인수사신상을 통해 본 용과 토템(從人首蛇身像談到龍與圖騰)」②「전쟁과 홍수(戰爭與洪水)」③「한족과 묘족의 종족관계(漢苗的種族關係)」④「복희와 조롱박(伏羲與葫蘆)」등의 신화논문들을 썼다. 이 중 ①은 1942년『인문과학학보人文科學學報』제1권, 제2기에 발표했고, ④는 그의 사후인 1948년 9월『문예부흥文藝復興』중국문학연구 특집호에 실렸다. ②와 ③은 따로 발표되지 않은 미완성 원고라고 할 수 있다. 원이둬 생전에는 이 논문들을 연결시켜 한 편으로 만들지 못하였는데, 1948년에 그의 친구였던 주쯔칭朱自淸이 그의 글들을 다 모아『원이둬전집』여덟 권을 펴낼 때 상술한 원고들을 모아서 '복희고'라 이름 붙인 것이다. 그리고 이후『복희고』는 중국신화사에서 항전기 신화학을 대표하는 역작으로 자리 잡고, 이후 중국신화학에 끊임없는 영감을 불어넣으며 지대한 영향을 미치게 되었다.

『복희고』에 수록된 논문 중에서도 가장 학계의 주목을 받았던 것은 단연「인수사신상을 통해 본 용과 토템」이었다. 분량으로만 보아도『복희고』의 절반 이상을 차지하는 이 글은 원이둬가 한족의 문헌과 한화상석 등의 도상에 나타나는 복희·여와 교미상, 그리고 서남소수민족 신화, 특히 묘족 신화에 주로 나타나는 홍수 후 남매혼신화의 상관관계를 밝히고자 한 글이다. 목표는 분명하다. 한족신화의 복희·여와와 서남소수민족 홍수 후 남매혼신화 속의 남매를 동일시하여 한족과 소수민족의 긴밀한 관계를 드러내고 복희·여와가 한족뿐 아니라 묘족의 조상이기도 하다는 주장을 하려는 것이다. 그런데 문제는 한족의 복희·여와 신화에는 '홍수'라는 이야기가 빠져 있고, 서남소수민족의 홍수 후 남매혼 신화의 남매는 인수사신이 아니다. 그러므로 원이둬는 이 책에서 보는 것처럼 수많은 문헌자료, 민속자료, 언어학적 분석, 토테미즘 이론 등을 총 동원하여 그 연결고리를 만들어나간다. 이를 위해 그는 두 마리 뱀의 이야기는 물론, 쌍두사도 교미하는 뱀으로, 교룡도 교미하는 뱀으로 해석하기도 하고, 『장자』에서 "우레 소리를 들으면 목을 쳐들고 일어났다"는 위사委蛇를 복희와 동일시하기도 한다.

그렇다면 인수사신의 신에 대한 신화는 어떻게 생겨났는가? 그것에 대한 원이둬의 대답은 바로 '토테미즘'이었다. 용의 몸통을 이루는 뱀 토템을 중심으로 말 토템, 개 토템, 물고기 토템, 새 토템, 사슴 토템 등이 융화작용을 거쳐 이루어진 '화합식 토템', 그것이 바로 용이라는 것이다. 그리고 화하華夏민족을 바로 이 용 토템민족이며, 그래서 역대 제왕은 모두 용의 화신이라고 했고, 용은 중국인들 건국의 상징이자, 현재는 모든 중국인들의 상징이라는 것이 원이둬의 주장이다.

「전쟁과 홍수」, 「한족과 묘족의 종족관계」, 「복희와 조롱박」은 이에 대한 보론의 성격을 갖는다고 할 수 있다. 우선 「전쟁과 홍수」에는 두 가지 주요 주장이 펼쳐진다. 하나는 한족 신화에 나오는 공공과 홍수와의 관련성을 바탕으로 공공이 묘족 신화에 나오는 뇌신이라는 주장이다. 다른 하나는 이 중 전쟁 이야기가 중심이고 홍수 이야기는 나중에 덧붙여진 것이라는 주장인데, 그 의도는 사실 한족과 묘족의 신화뿐 아니라 요족瑤族·사족畲族 신화에 등장하는 반호槃瓠까지 복희의 일종으로 연관 짓기 위한 것이라고 할 수 있다. 그리고 이 연결 짓기 작업을 마무리하는 글이 바로 「복희와 조롱박」이다. 이 글에서 원이둬는 홍수 후 인류를 재창조할 때 등장하는 조롱박에 주목하여 주로 어음관계나 한자 성분의 연관성을 근거로 "복희와 여와는 뜻은 하나로", "조롱박의 화신"이고, "묘족의 복희 남매는 한족의 복희·여와"이며, "반호와 포과匏瓜(조롱박)은 같은 낱말이고", 따라서 반호는 포희(즉 복희)라는 논지를 전개한다.

『복희고』에 대한 평가와 이후 중국신화학에 미친 영향

『복희고』에서 일련의 주장들이 과연 타당한 것인가? 이에 대하서 역자는 말을 아끼고 독자들의 판단에 맡기도록 하겠다.[2] 다만 『복희고』에 대한 몇몇 주요 평가들을 소개하고자 한다. 중국에서 원이둬 신화학에 대한 평가는 대체로 두 가지로 갈린다.

하나는 원이둬가 방법론에 있어서나 관점에 있어서 중국신화연구의 큰 진전을 가져왔다는 평가이다. 즉 원이둬가 전통문학과 훈고학적 방법에 정통하여 이를 현대 인류학·민속학 이론과 자료에 접합시키며 옛 전적을 새롭게 해석하였다는 방법론적 진전에 대한 높은 평가가 한 축을 이루고, 또한 중국민족의 '용 토템' 확립에 가장 중요한 학술적 기반을 제공한 20세기 신화연구의 경전적 작품이라는 평가이다. 이런 입장에 서 있는 학자들은 매우 많지만 그중에서도 『신화학의 역정(神話學的歷程)』을 쓴 첸밍쯔潛明玆는 20세기 중국신화학을 대표하는 다섯 학자로 루쉰, 마오둔, 구제강顧頡剛, 위안커袁珂와 함께 원이둬를 꼽고 있

---

2   이에 대해서는 다른 지면을 통해 역자의 입장을 밝힌 바 있다. 拙稿, 「聞一多『伏羲考』의 話行과 抗戰期 신화담론의 '민족' 표상」, 『中國語文學論集』 55호, 2009.

다. 그는 원이둬가 "『복희고』를 통해 복희와 여와라는 두 신과 용·뱀의 연원관계를 통해 중화민족의 원고시대 문화에 대해 매우 의미 있는 순례를 하였다"고 평한다. 그리고 특히 용에 대한 원이둬의 논의가 "옛 문화로부터 중화민족문화의 공통적 원류를 추적해내어 각 민족의 긴밀한 단결을 촉진하였다"는 점을 높이 샀다.

또 다른 하나는 그런 공헌들을 인정한다고 해도, 원이둬의 논지 전개에서 발견되는 근거의 취약함이나 논리적 비약에 유의해야 한다는 비판이다. 이런 비판적 입장에 선 인물로는 왕샤오롄王孝廉이 가장 대표적인데, 그는『중국의 신화세계―각 민족의 창세신화와 신앙(中國的神話世界―各民族的創世神話與信仰)』(臺北時報文化出版企業有限公司, 1987)에서 조목조목 상당히 신랄한 비판을 가한다. 그는 '고대문헌에 등장하는 공공과 서남소수민족신화의 뇌신雷神은 다르다', '남매혼신화에 나오는 남매는 한족 문헌의 복희·여와가 아니다', '소수민족신화에서 남매가 홍수를 피할 때 사용한 조롱박은 서남소수민족 신앙과 관련 있는 것이지 복희·여와의 신 이름에서 생겨난 것이 아니다'라는 점이다. 그래서 그는 한족신화의 복희·여와는 서남소수민족에서 기원한 것이 아니라는 결론을 내린다.

양리후이楊利慧 역시 '뇌공은 남방 소수민족에게는 용이나 뱀의 모습으로 나타나는 일이 드물기 때문에 공공이 뇌공이라는 견해 등은 설득력이 떨어진다'는 점과 '인수사신상이 어떻게 조롱박의 정령이 되는지에 대한 원이둬의 설명이 부족하다'는 점을 지적하였다. 또 한국의 김선자는 「도상해석학적 관점에서 본 한대의 화상석(2)―복희와 여와의 도상을 중심으로」(『중국어문학논집』 22호, 2003)에서 "치밀한 자료수집과

독창적 이론 전개에도 불구하고 원이둬 역시 당시 중국 지식인들을 사로잡고 있던 애국주의나 민족주의의 덫에서 놓여나지 못했다"고 지적하였다. 김선자는『복희고』의 가장 큰 문제점으로 각기 다른 지역에서 다르게 전승되던 이야기들, 개별적으로 존재하던 모티프들을 무리하게 하나의 이야기로 만들려 한 점을 들었다.

이런 비판들은 원이둬의 놀랄 정도의 박식함과『복희고』에 들인 대단한 공력에도 불구하고 우리가『복희고』를 읽을 때 다소 유의할 필요가 있음을 보여준다. 하지만 그럼에도『복희고』가 현대 중국신화학의 발전에 미친 영향은 결코 과소평가될 수 없다. 특히 이 책은 현대 중국 신화담론에서 가장 중요하다고 할 수 있는 두 가지 주제에 대한 논의를 촉발시켰다고 할 수 있다.

하나는 지역적으로 매우 널리 퍼져 있는 홍수남매혼 신화에 대한 논의이다. 홍수남매혼 신화는 중국 56개 민족 중 약 3분의 2이상의 민족들에게 전승되고 있으며, 우리나라를 포함한 동아시아 각국 신화에서도 발견되는 모티프이다. 이에 대해서는 항전기 이후에도 중국학자들에 의해 지속적으로 연구되었으며, 국내 학자들도 한국의 홍수남매혼 신화와 중국 홍수남매혼 신화의 관련성 등에 대한 연구가 이루어지고 있다. 특히 2011년에는 홍수남매혼 신화의 본고장이라고 할 수 있는 운남성의 개원시開遠市에서 중국의 저명한 신화학자 리쯔셴李子賢의 발의로 '남매혼신화와 민속신앙'에 대한 국제학술회의가 열리기도 하였다.[3]

---

[3] '남매혼신화와 민속신앙 및 운남성 개원시 이족 인조묘에 대한 고찰과 연구(兄妹婚神話與信仰民俗暨雲南省開遠市彝族人祖廟考察研究)'라는 제목으로 열린 이 회의에는 이 회의를 주도적으로 조직한 리쯔셴, 가오요우펑, 양리후이 등을 비롯한 저명한 중국신화학

또 하나는 중화민족 용 토템론에 대한 학술적 근거가 되었다는 점이다. 사실상 『복희고』가 발표된 당시에는 중화민족 용 토템론이 지금처럼 주목을 받지 못했다. 정작 용 토템론에 있어서 이 책의 중요성이 부각된 것은 1980년대 이후이다. 1980년대는 중국이 문화대혁명이라는 10년의 악몽에서 깨어나 다시금 중국민족의 전통문화를 조명하고 그 안에서 정체성에 대한 탐색을 하던 시기였다. 그리고 마침 이때 타이완에서 중국대륙으로 망명한 가수 허우더젠候德健의 노래 〈용의 후예(龍的傳人)〉가 중국에서 폭발적 인기를 끌었던 시기이기도 했다. 한 노래가 움직인 중화민족의 자긍심은 결국 신화학계에서도 용에 대한 관심으로 이어졌고, 이런 관심은 원이둬의 『복희고』에서 제시된 중화민족 용 토템론에 대한 재조명으로 이어졌다. 현재 중국에서는 중화민족이 용 토템부족이었다는 주장이 이런 저런 반론에도 불구하고 굳건히 이어지고 있고, 중국 소학교 어문교과서에도 용 토템론에 관련된 내용이 수록되어 있다.

『복희고』는 외세에 침탈당한 조국에 대한 원이둬의 애정과 학자로서의 열정, 유년시절부터 쌓여온 방대하고 깊은 학식 등이 결합하여 탄생한 걸작이다. 원이둬는 분명 이 논고들이 위기에 처한 중국을 지탱하고 다시금 딛고 일어서게 할 버팀목이 되기를 절실히 원했을 것이

자들과 미국의 마이클 비첼Michael Witzel, 일본의 하츠미 카네나와, 타카시 오카베 등이 참여하였고, 특히 한국학자 중에서는 김선자와 나상진 등이 참여하여 한국 홍수남매혼신화의 현황에 대해 소개 및 여성학적 시각에서 본 남매혼 신화와 인조신앙에 대한 발표를 하여 주목을 받았다.

다. 하지만 온갖 문헌들을 뒤지고, 한 글자 한 글자를 대조하고, 그림을 보고 또 들여다보던 그 순간, 또는 대중 앞에서 격정에 찬 마지막 연설을 하던 1946년 7월 15일, 그리고 숙소 앞에서 어쩌면 이미 예감하고 있었을 총탄을 맞으며 쓰러지던 그 순간, 그는 알았을까? 그의 혼이 담긴 이 글들이 이리도 오래도록, 이리도 강렬하게 중국신화학계에 영감을 불어넣으리라는 사실을? 그리고 그토록 오랜 세월이 지난 지금 이 순간 이국의 독자들과도 만나고 있다는 사실을?

벌써 10여 년 전이다. 박사반 재학시절 운 좋게도 김선자 선생님을 비롯하여 중국신화를 전공하는 선배·동학들과 함께 중국신화학의 주요 논저들을 찾아 번역해 가며 함께 읽을 기회가 있었다. 한 사람씩 돌아가며 한 작품을 맡아 번역하고, 일주일에 한 번씩 모여 그 번역문을 함께 읽는 모임이었는데 짧은 논문은 한두 번에 끝냈다. 참으로 뭘 모르던 시절, 역자가 번역을 맡았던 작품이 야심만만하게도『복희고』였다. 스스로 뭘 모르는지도 잘 모르던 그때, 가진 건 무모한 용기뿐이었던 것 같다. 지금도 배울 것 투성이인데 그 시절은 오죽했겠는가? 무모한 후배 때문에 선배들과 동학들만 애꿎게 오역 투성이『복희고』를 10주에 걸쳐 읽는 고난을 감수해야했다.

이번 문화동역학 라이브러리에 참여하게 되면서 참 오래 묵혀 두었던 초벌 번역 원고를 다시 꺼내들었다. 꺼내들 때만 해도 꽤 읽을 만할 거라고 기대했다. 하지만 웬걸, 한 줄 한 줄 눈에 걸리지 않는 데가 없었다. 그렇게 원고를 수정하는 과정은 상상을 초월할 정도로 고역이었다. 그러면서 10여 년 전 그때, 그 엉터리 초벌 번역본을 함께 읽어 주던 선배들과 동학들이 떠올라 참 미안하기도 하고 웃음도 났다. 그렇게 인내하며 이 책과 인연을 맺게 해 준 그들에게 고마울 따름이다. 그 시간을 함께 해준 선배들과 동학들에게 이 책을 바친다.

2013년 4월 10일

홍윤희

차례

1장 │ 서론 │

　　복희伏羲와 여와女媧의 이름은 전국戰國시대에 비로소 문헌기록에 나
타나기 시작했다. 복희에 대한 기록은 『역易』 「계사전繫辭傳」 하, 『관자
管子』 「봉선封禪」과 「경중무輕重戊」, 『장자莊子』 「인간세人間世」, 「대종사
大宗師」, 「거협胠篋」, 「선성繕性」과 「전자방田子方」, 『시자尸子』 「군치君
治」, 『순자荀子』 「성상成相」, 『초사楚辭』 「대초大招」, 『전국책戰國策』 「조
책趙策」 2에 보인다. 여와에 대한 기록은 『초사』 「천문天問」, 『예기禮記』
「명당위明堂位」, 『산해경山海經』 「대황서경大荒西經」에 보이는데, 『예
기』와 『산해경』은 선진先秦시기의 자료가 들어 있긴 하지만 한대漢代의
문헌으로 간주해야한다. 복희와 여와의 이름이 함께 등장하는 것은
『회남자淮南子』 「남명훈覽冥訓」에 처음 보이는데, 이 역시 한대의 문헌
이다. 복희와 여와의 관계에 대해서는 여러 가지 주장이 있는데, 가장
근거가 희박한데도 최근까지 학자들의 옹호를 받아온 견해는 그들이
형제라는 설이다. 『세본世本』 「성씨姓氏」[1]에서는 이렇게 말했다.

여씨. 천황이 아우인 와를 여수의 북쪽에 봉했는데, 후에 천자가 되었기 때문에 여황이라고 칭한 것이다.

女氏. 天皇封弟堝于汝水之陽, 後爲天子, 因稱女皇.

이런 설명은 학자들이 의도적으로 사실을 왜곡하여 생긴 것임이 분명하다. 나필羅泌[2]의 『노사路史』「후기後紀」2와 양옥승梁玉繩[3]의 「한서인표고漢書人表考」의 논조를 살펴보면, 자신들이 이처럼 왜곡할 수밖에 없었던 고충을 솔직히 인정하고 있으니 이 점에 대해서는 이론의 여지가 없겠다.

그 밖에, 비교적 이른 시기에 복희·여와 전설의 실상에 가깝게 제기된 견해가 바로 그들이 남매라는 설이다. 『노사』「후기」2의 주에서는 『풍속통의風俗通義』[4]을 인용하여 이렇게 말한다.

---

1 【역주】『세본』은 '세' 또는 '세계世系'라고도 한다. 선진시대의 사관史官이 지었다고 하며 주로 상고시대 제왕帝王, 제후諸侯와 경대부卿大夫 가족들의 계보를 기록한 역사 문헌이다. 「제계帝系」, 「왕후세王侯世」, 「경대부세卿大夫世」, 「씨족氏族」, 「작편作篇」, 「거편居篇」, 「익법謚法」 등 15편으로 구성되어 있다.
2 【역주】나필(생몰년 미상)은 남송南宋(1127~1279)대의 사람이며, 자는 장원長源이고 여릉廬陵(지금의 강서성江西省 길안吉安) 출신이다. 『노사路史』47권을 지었다. 『노사』는 「전기前紀」9권, 「후기後紀」14권, 「국명기國名紀」8권, 「발휘發揮」6권, 「여론餘論」10권으로 이루어져 있는 잡사雜史로서 상고시대 이래 역사, 지리, 풍속, 씨족 등에 관한 전설과 역사적 사실을 서술하였는데 신화와 역사가 두루 섞여 있다.
3 【역주】양옥승(1716~1792)은 청淸나라 사람이며, 자는 휘북暉北, 호는 간암諫庵이다. 절강浙江 전당錢塘 사람이다. 『고금인표고古今人表考』9권을 지었다.
4 【역주】『풍속통의』를 한대漢代와 당대唐代 사람들은 '풍속통'이라고 부르곤 하였다. 동한東漢 태산태수泰山太守 응소應劭가 지었다. 원서는 30권에 부록 1권인데, 현전본은 10권으로 되어 있다. 전장제도나 풍속 등에 대해 논하고, 신화에 대한 많은 기록을 담고 있는데 저자 스스로의 평을 덧붙였다. 따라서 고대 풍속과 신앙 등을 연구하는 데 중요한 문헌이다.

여와는 복희의 누이동생이다.

女媧, 伏希(羲)之妹.

『통지通志』「삼황고三皇考」에서 『춘추세보春秋世譜』를 인용한 것, 『광운廣韻』 13 '가佳', 『노사』「후기」 2, 마호馬縞의 『중화고금주中華古今注』 등에서도 여와를 복희의 누이동생으로 본다.

다음으로 이들이 부부라는 설이 있다. 『당서唐書』「악지樂志」에 실린 장열張說의 「당향태묘악장唐享太廟樂章」〈균천무鈞天舞〉에서는 이렇게 말했다.

여와 황후와 합위하고, 함께 복희라 칭하였다.

合位媧后, 同稱伏羲.

「악지樂志」에 의하면 〈균천무鈞天舞〉는 고종高宗(649~683) 때 사용하던 악장이다. 여기서는 복희와 여와를 고종과 무후武后에 비유하여 그들이 부부 관계임을 나타낸다. 조금 후대에 노동盧仝(795~835)의 시 「여마이결교與馬異結交」에서는 훨씬 명확하게 말했다.

여와는 본래 복희의 아내이다.

女媧本是伏羲婦.

이후로 이와 비슷한 기록으로는 송宋나라 사람의 위작인 『삼분서三墳書』, 원元 두도견杜道堅의 『현경원지발휘玄經原旨發揮』 및 일부 통속소

설들이 있다. 세 가지 설 중 부부라는 설이 문헌 기록에서 가장 늦게 나타나다 보니, 학자들에게도 가장 많은 의심을 받았다. 하지만 최근에 화상석畫像石[5]들이 발견되고 연구되면서 이 견해가 어느 정도 인정을 받게 되었다. 이 화상畫像들은 '인수사신人首蛇身', 즉 사람의 머리에 뱀의 몸을 지닌 남녀 한 쌍이 꼬리를 한데 꼬고 있는 모양이다. 청대淸代와 근래 중국과 외국의 여러 고고학자들의 고증에 따르면 이것은 분명히 복희와 여와이며, 꼬리를 한데 꼬고 있는 것은 이들이 부부임을 상징한다고 한다. 그러나 문명사회의 윤리 관념에 비추어볼 때 부부가 남매일 수는 없으며, 문헌 기록에서도 이들을 부부이면서 동시에 남매라 한 경우는 전혀 없다. 따라서 두 사람이 남매냐 부부냐 하는 것은 구식 학자들의 관념에서는 여전히 논쟁거리가 되었다.

최근 인류학 분야에서 놀라운 사실이 밝혀졌으니, 바로 변방과 수많은 인접 민족들의 전설 속에서 복희와 여와는 본래 남매이면서 부부가 된 인류의 시조라는 것이다. 따라서 앞에서 말한 논쟁들은 아예 논쟁할 필요가 없게 되었다.

결론적으로 '남매 부부兄妹配偶'라는 것은 복희·여와 전설의 가장 기본적인 틀이지만, 이 기본 틀은 문헌에서 일찍이 훼손되었다가 새롭게 일어난 고고학, 특히 인류학 방면의 노력으로 완전히 복원될 수 있었다. 이 주제에 관한 고고학과 인류학 분야의 업적을 간단히 소개하자

---

5 【역주】 화상석이란 한漢(기원전 202~기원후 220)시대에 무덤이나 사당 내부 벽과 천장에 그림이 새겨진 돌을 말하며, 그런 그림을 '화상'이라고 하는데 여기에는 무덤 주인 생전의 생활이나 사후세계, 그 당시의 종교관이나 신화를 담고 있는 내용들이 주로 새겨져 있다.

〈그림 1〉

〈그림 2〉

〈그림 1〉 동한 무량사 석실화상 중 1(전당錢塘 황씨모각黃氏摹刻 당唐 탁본拓本. 원본에는
왼쪽 기둥부분에 예서체로 "伏羲倉精初造王業畫卦結繩以理海內"라는 16자가 찍혀 있다.)
〈그림 2〉 동한 석각(『동양문사대계東洋文史大系』 171쪽 삽도 모사도)

〈그림 3〉 동한 무량사 석실화상 중 2(「고대 중국과 인도(古代支那及印度)」, 『동양문사대계』 137쪽 삽도 모사도)

면 아래와 같다.

복희 · 여와에 관련하여 일찍이 고고학자들은 석각石刻과 비단 그림, 두 종류의 도상들을 발견하였다. 그중 석각에 속하는 것은 다섯 가지가 있다.

무량사武梁祠 석실화상石室畫像 제1석石 제2층 제1도圖

무량사 석실화상 좌우실左右室 제4석각도石刻圖

동한東漢 석각화상石刻畫像

산동山東 어대魚臺 서색리西塞里 복희릉伏羲陵 앞 석각화상

난산蘭山 고묘古墓의 석주石柱에 새겨진 화상

(이상 2종에 대해서는 마방위馬邦玉의 『한비녹문漢碑錄文』에서 서술)

비단 그림으로는 두 가지가 있다.

수隋 고창古昌 고적의 아스타나Asatana 고분 출토 비단 그림 (오렐 스타인 Aurel Stein이 발견)

투루판 고총古冢 출토 채색 비단 그림 (황원비黃文弼가 발견)

이 중에서 무량사 화상이 특히 유명하며 여러 학자들 역시 이를 근거로 고증을 한다. 그중 비교적 자세하게 논한 것으로는 취중룽瞿中溶의 『무량사당화상고武梁祠堂畫像考』, 마방위馬邦玉의 『한비녹문漢碑錄文』, 룽겅容庚의 『무량사화상고석武梁祠畫像考釋』 등을 들 수 있다.

〈그림 4〉

〈그림 5〉

〈그림 4〉 수隋 고창古昌 고적의 아스타나Asatana 고분 출토 비단 그림(Aurel Stein, *Inner Most Asia* 삽도Cix)
〈그림 5〉 중경重慶 사평파沙坪壩 석관 전액前額 화상(창런샤常任俠, 「사평파에서 출토된 석관화상 연구沙坪壩出土之石棺畵像硏究」 삽도)

〈그림 6〉『동신팔제묘정경洞神八帝妙精經』화상. (왼쪽) 후천황군后天皇君, 인면사신人面蛇身에 성은 풍風이고 이름은 포희庖義이며 호는 태호太昊이다. (오른쪽) 후지황군后地皇君, 인면사신에 성은 운雲이고 이름은 여와女媧이며 호는 여황女皇이다.(『도장道藏』「동신부동신팔제묘정경洞神部洞神八帝妙精經』삽도)

〈그림 7〉

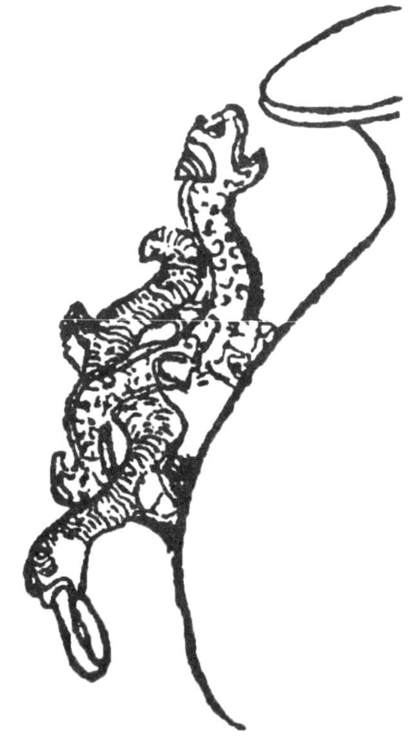

〈그림 7〉 신정新鄭 출토 뢰罍의 배 부분에 그려진 무늬
（『신정이기新鄭彝器』, 88쪽）
〈그림 8〉 같은 뢰의 귀 부분
（『정총고기도고鄭塚古器圖考』 권5, 20쪽, 그림 24）

〈그림 8〉

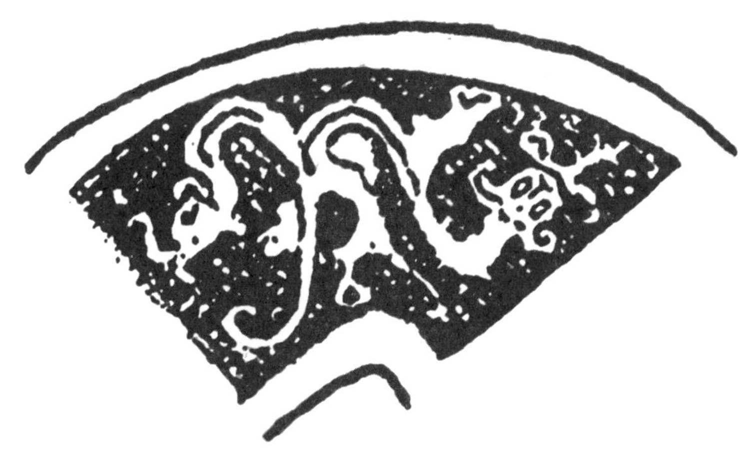

〈그림 9〉

〈그림 10〉

〈그림 9〉 탁무鐸舞 무늬(W. Perceval Yetts, *The Cull Chinese Bronzes*, 그림 21)
〈그림 10〉 옛 무기의 문양(『업중편우鄴中片羽』 권하卷下, 4쪽)

"복희伏羲·창정倉精"이라는 글자가 화상의 제지題識에 분명히 보이므로, 둘 중 하나가 복희라는 것은 문제가 없다. 따라서 여러 학자들의 고증의 초점은 대부분 나머지 하나가 여와임을 증명하는 데 있었다. 그들이 사용한 증거 중 가장 중요한 것은 여러 문헌에 누차 언급된 복희·여와의 인수용신人首龍身(사람의 머리에 용의 몸) 또는 사신蛇身(뱀의 몸)이라는 설이 이 화상과 딱 들어맞는다는 점이었다. 결국 이와 관련하여 고고학자들의 공헌은 그림 속의 나머지 한 사람이 복희의 배우자인 여와임을 확인한 것이고, 이렇게 하여 이 둘이 부부 관계임이 증명되었다.

인류학이 우리에게 제공해 줄 수 있는 자료는 무한한 듯하다. 나는 한 번도 이러한 자료를 계획적으로 수집한 적이 없다. 현재 내가 가지고 있는 자료는 그저 우연히 내 눈에 띈 두 편의 글이다.

① 뤼이푸芮逸夫, 「묘족의 홍수이야기와 복희·여와의 전설(苗族的洪水故事與伏羲女媧的傳說)」, 중앙연구원中央研究院 역사어언연구소歷史語言研究所, 『인류학집간人類學集刊』 제1권 제1기.

② 창런샤常任俠, 「사평파에서 출토된 석관화상 연구(沙坪壩出土之石棺畵像研究)」, 『시사신보時事信報』 중경판渝版 『학등學燈』 제41·42기과 『설문월간說文月刊』 제1권, 제10·11기 합간.[6]

---

6 【역주】7·7사변 이후 중국 국토의 반이 일본군에 짓밟히자 북방과 연해의 많은 대학들이 전란을 피해 중국 서남부로 옮겨왔다. 북경대학北京大學, 청화대학淸華大學, 천진天津 남개대학南開大學 등은 운남성雲南省 곤명昆明으로 옮겨와 함께 서남연합대학西南聯合大學(지금의 운남사범대학雲南師範大學에 위치)을 이루었다. 따라서 서남지역은 항전기 중국 학술의 중심지가 되었고, 이와 함께 민족학자, 인류학자, 민속학자들 역시 서남 변강의

①은 매우 광범위하게 자료를 수집하였다. 뤼이푸 자신이 수집한 것과 국내외 서적들에서 인용한 홍수이야기 20여 가지를 기록했는데, 복희 · 여와 연구에 있어 빼놓을 수 없는 자료이다. ②는 자료의 수량 면에서는 ①에 미치지 못하지만 그 성격에 있어서는 역시 상당히 중요한 자료이다. 여기에 실린 요족瑤族의 홍수이야기와 한역漢譯 묘문苗文 「반왕가盤王歌」의 일부는 매우 유용하다. 이 두 논문에 기록된 이야기들을 지리적 거리에 따라 순서대로 열거하면 다음과 같다.

1. 상서湘西[7] 봉황鳳凰 묘족苗族 우원상吳文祥이 서술한 홍수이야기(뤼이푸의 글, 『인류학집간』 1권 1기, 156~158쪽)

2. 상서 봉황 묘족 우쭤량吳佐良이 서술한 홍수이야기(위의 글, 158~160쪽)

3. 상서 봉황 묘족의 「나공나모가儺公儺母歌」[8](위의 글, 160~161쪽)

4. 상서 건성乾城 묘족의 「나신기원가儺神起源歌」(위의 글, 161~163쪽)

5. 그라함David. C. Graham이 서술한 사천四川 남부 묘족의 홍수이야기(위의 글, 174쪽)

소수민족, 특히 주요 민족이었던 묘족에 주의를 기울였다. 이에 따라 뤼이푸, 우쭤린吳澤霖, 창런샤, 마창서우馬長壽 등이 묘족신화, 특히 홍수남매혼 신화에 대한 논문을 발표하게 되었는데 이들 대부분 그 남매가 한족漢族 신화에서 복희 · 여와에 상응하거나 동일하다는 주장을 펼치고 있다. 그 표면적 목적은 복희 · 여와 신화를 복원하고자 하는 것이었지만 그 이면에는 이를 통해 묘족과 한족 간의 동화론이나 동일기원론으로 나아가고자 하는 경향이 있었다. 「복희고」는 이 성과들을 집대성한 저작이라고 할 수 있다. 자세한 내용은 홍윤희, 「1930년대 중국의 인류학과 苗族신화연구에 있어서의 '민족' 표상」, 『中國語文學論集』 44, 2007.6 참고.

7 【역주】'상湘'은 호남성湖南省의 다른 이름으로, '상서湘西'는 호남성 서부 지역을 가리킨다.

8 【역주】나공과 나모는 호남湖南, 호북湖北, 사천四川, 귀주貴州, 운남雲南 등지에서 모시는 한 쌍의 신이며 함께 나신儺神이라고 부른다. 종종 목조 두상으로 만들어지며, 나례儺禮 또는 나제儺祭라고 하는 제사의식에서는 이들의 탈을 쓰고 역귀를 쫓곤 한다.

6. 귀주貴州 귀양貴陽 남부 아작묘족鴉雀苗族의 홍수이야기(위의 글, 174쪽
에서 인용한 사무엘 클라크Samuel R. Clarke의 *Among the Tribes in South-west
China*, 54~55쪽)

7. 귀주 안순安順 청묘족靑苗族 이야기 (위의 글, 169~170쪽에서 토리 류조
鳥居龍藏의 「묘족조사보고苗族調查報告」 국립편역관본國立編譯館本 49쪽)

8. 7과 같은 또 하나의 이야기 (위의 글, 170쪽에서 인용한 위의 책 48쪽)

9. 묘족의 홍수이야기 (위의 글, 170~171쪽에서 인용한 사비나F. M. Savina
의 *Histoire des Miao*, 245~246쪽)

10. 흑묘黑苗의 「홍수가洪水歌」 본론 (위의 글, 173~174쪽에서 인용한 사
무엘 클라크의 앞의 책, 43~46쪽)

11. 휴이트H. J. Hewitt가 서술한 화묘花苗의 홍수이야기 (위의 글, 171~173
쪽에서 인용한 위의 책 50~54쪽)

12. 광서廣西 융현融縣 나성羅城 요족瑤族의 홍수이야기 (창런샤의 글, 『설
문월간說文月刊』 1권 10 · 11기 합간, 714~715쪽)

13. 광서廣西 무선武宣과 수인修仁 요족의 홍수이야기 (위의 글, 717쪽)

14. 묘족의 「반왕가서盤王歌書 호로효가胡蘆曉歌」의 한역본漢譯本 (앞의 글,
715~716쪽)

15. 운남雲南 뤄뤄족倮儸族 홍수이야기 (뤼이푸의 글, 『인류학집간』 1권 1
기 189쪽에서 인용한 폴 비알Paul Vial의 *Les Lolos*, 8~9쪽)

16. 운남 경마耿馬 대평석두채大平石斗寨 리수족栗粟族 홍수이야기 (위의
글, 189쪽)

17. 운남 경마 봉륭채蜂隆寨 로항인老亢人 홍수이야기 (위의 글, 189쪽)

18. 루네 드 라용귀에르Lunnet de Lajonguiere가 기록한 프랑스령 동경東京 만족蠻

族(Man) 홍수이야기 (위의 글, 290쪽에서 인용한 사비나의 앞의 책, 105쪽)

19. 코친차이나[9] 바–나르족Ba-hnars의 홍수이야기 (위의 글에서 인용한 게를라흐Guerlach의 『바–나르족의 생활과 미신(*Moeurs et sperstitions de Souvages Ba-hnars, Les Mission Catholigue*)』xix, 479쪽)

20. 인도 중부 브힐족Bhils의 홍수이야기 (위의 글, 190쪽에서 인용한 루알드C. E. Luard의 *The Jungle Tribes of Malwa*, 17쪽)

21. 인도 중부 카마르족Kammars의 홍수이야기 (위의 글, 190~191쪽에서 인용한 러셀R. V. Russell의 『인도 중부의 원주민과 사회계급*The Tribes and Castes of the Central Provinces of India*』iii, 326~327쪽)

22. 북 보르네오 파간족Pagans의 홍수이야기 (위의 글, 190쪽에서 인용한 오웬 버터Owen Butter의 『북 보르네오 파간족*The Pagans of North Borneo*』, 248~249쪽)

23. 22와 같은 또 하나의 이야기 (위의 글, 19쪽에서 위의 책 같은 곳 인용)

24. 해남도海南島 가차동加釵峒 려인黎人 홍수이야기 (위의 글, 189쪽에서 인용한 류한劉咸의 「해남도 려인 문신 연구海南島黎人文身之研究」, 『민족학연구집간民族學研究集刊』1기, 201쪽)

25. 대만臺灣 아미족阿眉族의 세 가지 홍수이야기 (위의 글, 189~190쪽에서 인용한 이시이 신지石井信次의 『대만과 그 원시주민*The Island of formosa and its Primitive Inhabitants*』, 13쪽)

이상의 이야기들 중 어떤 것은 자세하고 어떤 것은 간략하지만, 결국 그 중심 모티브는 홍수가 났을 때 남매 두 사람만 살아남아 결혼하

---

9 【역주】 오늘날의 베트남 남부에 해당한다.

여 부부가 되고, 결국 인류의 시조가 된다는 것이다. 3과 12에서는 오빠의 이름이 모두 복희伏羲이고, 13에서는 복의伏儀라 하였는데 이 역시 복희伏羲이다. 18에서 오빠의 이름은 푸헤이Phu-Hay이고, 누이동생의 이름은 푸헤이무이Phu-Hay-Mui로, 복희伏羲와 복희매伏羲妹의 음역이 분명하다. 6에서 형의 이름은 부이Bu-i인데, 조사한 클라크의 설명에 의하면 중국어로는 푸시Fu-hsi로, 역시 복희伏羲의 음역이다. 이 이야기에서 누이는 퀘Kueh인데, 뤼이푸는 이것이 와媧에 음을 맞춘 것이라 여겼으며, 이 역시 믿을 만하다.[10] 상술한 남매의 이름과 복희·여와의 이름이 서로 부합하는 것 외에도, 뤼이푸는 이야기 속에서 ① **인류 창조**와 ② **홍수**라는 두 가지 사항 또한 문헌에 나오는 복희·여와 전설과 서로 부합한다는 점을 지적하였다. 이 이야기 속의 남매가 한족漢族 문헌에 나오는 복희·여와라는 점은 확실히 긍정할 수 있다.

그러나 이 문제에 대한 인류학의 공헌은 그러한 이야기를 발견한 것뿐만 아니라, 문헌 속의 두 사람에 관한 전설을 검증한 것, 그리고 가장 중요하게는 이전에 여기저기 흩어져 있던 전설이나 그 흔적을 이제 하나의 완정한 유기체로 엮어낼 수 있게 했다는 점이다. 옛날에는 남매라거나, 부부라거나, 인류 창조라거나, 홍수라거나 하는 등으로 분산되고, 때로는 서로 모순되기까지 했던 각각의 것들이 이제는 하나의 완전한 '남매 부부' 겸 '홍수유민형洪水遺民形' 인류기원이야기가 된 것이다. 전통적 관념에서 보면 이 사건은 대단히 신기하며 흥미롭다.

10　【역주】복희伏羲의 중국어 발음은 '푸시Fuxi', 여와女媧의 중국어 발음은 '뉘와Nüwa', 복희의 누이동생이라는 뜻의 복희매伏羲妹는 '푸시메이Fuximei'로 발음한다.

위에서 소개한 뤼이푸와 창런샤의 논문에서 뤼이푸의 글이 홍수유민 이야기를 중심으로 인수사신 화상을 덧붙여 서술했다면, 창런샤의 글은 인수사신 화상을 주제로 홍수유민 이야기를 덧붙여 서술하고 있다. 전자의 입장은 인류학적이고, 후자의 입장은 고고학적이다. 그리고 전자의 논술이 더욱 정밀하며 창의적 견해도 많은 편이다. 본고의 자료도 많은 부분 이 두 편의 논문을 근거로 했기에, 성격상 역시 이 두 글의 연속이라고 볼 수 있다. 하지만 필자의 기호는 신화에 치우쳐 있고 넓은 의미의 언어학Philology[11]과 역사에 대해서도 관심이 많기 때문에, 본고의 관점은 분명 앞의 두 사람과는 다를 것이다. 본고는 또한 앞의 두 글에 대한 일종의 보충이라고도 할 수 있다. 결국 뤼이푸, 창런샤 두 분이 나의 선도자임을 밝혀 두는 것이 마땅하겠다.

---

11 【역주】일반적으로는 언어학은 Linguistics, 문헌학을 Philology라고 하지만, 근대 중국에서는 Philology가 문헌학이자, 언어학, 문자학에 해당하는 말이었고 문헌학과 언어학이 따로 떨어져 존재하는 것이 아니었다. 또한 이 책에서 원이둬는 실제로 언어학적 방법을 많이 사용하고 있고, 저자 스스로도 '언어학Philology'이라고 표기하였으므로 번역도 이를 따른다.

2장 | 인수사신상人首蛇身像을 통해 용과 토템을 논하다[1]

1. 인수사신人首蛇身의 신

사람의 머리에 뱀의 몸을 한 인수사신상에는 두 종류가 있다. 하나는 단독으로 그려진 것으로, '인수사신상'이라고 부를 수 있다. 또 하나는 둘이 한 쌍을 이룬 것으로 '인수사신교미상人首蛇身交尾像'이라 부를 수 있다. 우리의 연구 범위에서는 후자가 특히 중요하다. 현재 우리가 알고 있는 교미상은 7가지가 있는데, 서론에서 열거한 것과 같다. 지금 화상畵像의 재료를 기준으로 이 교미상들을 분류한다면 석각과 비단 그림, 두 종류로 나눌 수 있다. 화상의 인물이 복희와 여와 부부라는 것은 이미 정론이 되었다. 그러나 인수사신과 같은 초자연적 형체는 도

---

1 【역주】2장은 원래 따로 『인문과학학보人文科學學報』에 발표되었다.

대체 무슨 의미를 나타내고 있는 것일까? 그것의 기원과 변천은 또 어떠했을까? 이 글은 이렇게 아직 고찰되지 않은 문제들에 대해서 해답을 구해 보고자 한다.

문헌 중에 복희·여와의 뱀의 몸蛇身에 관한 명확한 기록은, 이르게 잡아도 동한東漢(25~220)을 넘지 못한다.

> 여와는 사람의 머리에 뱀의 몸을 하고 있다.
>
> 女媧人頭蛇身.
>
> ― 왕일王逸의 『초사楚辭』「천문天問」 주注

> 복희는 비늘 덮인 몸, 여와는 뱀의 몸을 하고 있다.
>
> 伏羲鱗身, 女媧蛇軀.
>
> ― 왕연수王延壽, 「노영광전부魯靈光殿賦」

> 어떤 이는 두 황제[2]가 사람의 머리에 뱀의 형체를 하고 있다고 한다.
>
> 或云二皇, 人首蛇形.
>
> ― 조식曹植, 「여와화찬女媧畫贊」

> 포희씨와 여와씨는 (…중략…) 뱀의 몸에 사람의 얼굴을 하고 있다.
>
> 庖犧氏, 女媧氏 (…중략…) 蛇身人面.
>
> ― 『위열자僞列子』「황제黃帝」

---

2 【역주】여기서 두 황제二皇은 희황羲皇과 여황女皇, 즉 복희와 여와를 가리킨다.

포희씨는 (…중략…) 뱀의 몸에 사람의 머리를 하고 있다.

여와씨 (…중략…) 역시 뱀의 몸에 사람의 머리를 하고 있다.

庖犧氏 (…중략…) 蛇身人首.

女媧氏 (…중략…) 亦蛇身人首.

—『예문류취藝文類聚』2에서 인용한『제왕세기帝王世紀』

또 한 신을 보았는데, 뱀의 몸에 사람의 얼굴을 하였고 (…중략…) 우왕의 팔괘도를 동판 위에 펼쳐 보여주었다. (…중략…) 뱀의 몸을 한 신은 희황이다.

又見一神, 蛇身人面 (…중략…) 示禹八卦之圖, 列于金版之上. (…중략…) 蛇身之神, 卽羲皇也.

—『습유기拾遺記』

복희는 용의 몸, 여와는 뱀의 몸을 하고 있다.

伏羲龍身, 女媧蛇軀.

—『문선文選』「노영광전부魯靈光殿賦」주注에서 인용한『현중기玄中記』

「노영광전부」[3]가 비록 동한시기의 작품이지만, 묘사하고 있는 것은 분명 서한西漢(기원전 206~기원후 8)의 유물임에 틀림없다. 영광전靈光殿

---

3 【역주】「노영광전부魯靈光殿賦」를 지은 왕연수王延壽(생졸년 미상)는 동한시대의 사람이며, 자가 문고文考이다. 유명한 문인이었던 왕일王逸의 아들로, 아버지를 따라 노魯나라에서 유학할 때 「노영광전부」를 지었다고 한다. 서한 말의 대혼란을 거쳐 많은 궁실들이 훼손되었지만 이 궁전은 굳건하게 남아 있었다. 작가는 이 영광전의 웅장하고 아름다운 모습에 대해 자세히 묘사하고 있다.

은 노魯 공왕恭王 유여劉餘(기원전 154~127)가 지은 것이다. 부賦에서 묘사한 것은 영광전 안에 있는 무량사武梁祠 석각화상石刻畵像과 유사한 벽화이다. 공왕 유여부터 「노영광전부」를 쓴 왕연수王延壽에 이르기까지 약 300년간, 궁전건물은 몇 차례 수리를 했을 것이고 벽 겉면의 채색도 몇 번이나 새로 칠했을 것이다. 그러나 그 기본적인 부분인 석각이 변하지는 않았을 것이다. 인수사신의 복희·여와상이 이렇게 서한 초기에 이미 건축 장식의 제재가 되었으니, 그 전설의 연원이 오래되었음은 가히 짐작할 수 있다. 이런 증거가 있으니 우리는 좀 더 이른 시기 문헌에서 관련 자료를 찾아보는 것도 무방할 것이다.

『산해경山海經』「해내경海內經」에서는 다음과 같이 말했다.

남방에 (…중략…) 묘민이라는 사람들이 있다. 이곳에 어떤 신은 사람의 머리에 뱀의 몸을 하였고, 키는 수레의 끌채만하고, 좌우에 머리가 있으며, 자주색 옷을 입고 털로 된 관을 쓰고 있다. 이름을 연유라 한다. 임금이 이 신을 만나 잘 대접해 먹이면 천하를 제패하게 된다.

南方 (…중략…) 有人曰苗民. 有神焉, 人首蛇身, 長如轅, 左右有首, 衣紫衣, 冠旃冠, 名曰延維. 人主得而饗之, 伯天下.

곽박郭璞[4]의 주에서는 연유가 바로 『장자莊子』에 나오는 위사委蛇라 했

---

4 【역주】 곽박郭璞은 중국 서진西晉 말에서 동진東晉 초의 학자이자 시인이며, 산서성山西省 문희聞喜 출신으로 자는 경순景純이다. 진 무제武帝 함녕咸寧 3년(277)에 태어나 동진 명제明帝 태녕太寧 2년(324)에 세상을 떠났다. 박학하고 시문과 점술에 뛰어나 원제에게 상

는데 이는 맞는 말이다. 위사의 이야기는 『장자』「달생達生」에 보인다.

　환공이 소택지에 사냥을 나갔을 때 관중이 수레를 몰고 있었는데, 환공이 귀신을 보았다. 환공이 관중의 손을 건드리며 말했다. "중보께서는 무언가 보았소?" 관중이 "저는 아무 것도 보지 못했습니다만" 하고 대답했다. 사냥에서 돌아온 환공은 헛소리를 하며 병을 앓아 며칠 동안 아무 데도 나가지 못했다. 제나라의 사인士人 중에 황자고오라는 사람이 환공을 찾아뵙고 말했다. "공께서는 스스로 병을 얻으신 것입니다. 귀신이 어찌 감히 공을 해칠 수 있겠습니까? (…중략…)" 환공이 물었다. "그렇다면 귀신이 있긴 있다는 것이오?" 황자고오가 대답했다. "그렇습니다. 진흙탕에는 '이'라는 귀신이 있고, 부뚜막에는 '계'라는 귀신이 있습니다. 집안의 더러운 쓰레기 더미 속에는 '뇌정'이 살고, 동북방 귀퉁이 담장 아래에는 '배아'와 '해롱'이 뛰어놀며, 서북방 귀퉁이 아래쪽에는 '일양'이라는 귀신이 살고 있습니다. 물속에는 '망상'이 있고, 언덕 위에는 '신'이 있으며, 산에는 '기'가 있고, 들에는 '방황'이 있으며, 소택지에는 '위사'라는 귀신이 있습니다. 환공이 말했다. "위사라는 것이 어떻게 생겼는지 말해주시오." 황자고오가 대답했다. "위사는 그 굵기가 수레의 바퀴통만 하고, 키가 수레의 끌채만하며, 자주 빛 옷을 입고 붉은 관을 쓰고 있습니다. 그 성질은 우레 소리 듣는 것을 매우 싫어하며 우레 소리를 들으면 머리를 쳐들고 일어섭니다. 그 귀신을 본 사람은 대대로 패자가 된다고 합니다." 환공은 크게 웃으며 말했다. "그

서랑尚書郎으로 임명되었다. 오행五行과 천문, 점술로 이름을 떨쳤고, 『목천자전穆天子傳』, 『초사楚辭』, 『산해경山海經』에 주석을 달았고, 특히 그의 『산해경』 주석은 위안커袁珂의 역주본譯注本과 더불어 가장 대표적인 성과로 꼽힌다.

게 바로 과인이 본 것이오." 그리고는 의관을 바르게 갖추고 황자고오와 더불어 앉았는데, 하루가 다 가기도 전에 병이 나은 줄도 몰랐다.

桓公田于澤, 管仲御, 見鬼焉. 公撫管仲之手曰, "仲父何見?" 對曰, "臣無所見." 公反, 誒詒爲病, 數日不出. 齊士有皇子告敖者曰, "公則自傷, 鬼則惡能傷公? (…중략…)" 桓公曰, "然則有鬼乎?" 曰, "有. 沈有履, 竈有髻. 戶內之煩壤, 雷霆處之. 東北方之下者, 倍阿鮭蠪躍之. 西北方之下者, 則泆陽處之. 水有罔象, 丘有莘, 山有夔, 野有彷徨, 澤有委蛇." 公曰, "請問委蛇之狀何如?" 皇子曰, "委蛇, 其大如轂, 其長如轅, 紫衣而朱冠. 其爲物也惡雷,[5] 聞雷車之聲, 則捧其首而立. 見之者殆乎霸." 桓公囅然而笑曰, "此寡人之所見者也." 於是正衣冠與之坐, 不終日而不知病之去也.

"좌우에 머리가 있다(左右有首)"는 것에 대해 해석이 필요하겠다. 『산해경』 등의 책에서 좌우에 머리가 있거나 앞뒤에 머리가 있거나 혹은 몸 하나에 머리가 둘 달린 생물을 이야기한 것은, 실제로는 자웅이 교배하는 상태를 오해하거나 억지 해석한 것이다(정면으로 보면 앞뒤로 머리가 달린 것이고, 옆으로 보면 좌우에 머리가 달린 것이며 뭉뚱그려 말하면 한 몸에 두 머리가 달렸다고 하는 것이다. 자세한 것은 뒤에서 상술하겠다).[6] 위의 『산해경』과 『장자』의 두 기록을 종합하여 신의 모습을 이야기하자면, '사람의 머리에 뱀의 몸(人首蛇身)'이며 '좌우에 머리가 있고(左右有首)', '자주

5 　원래는 '뢰雷'자가 빠져 있지만 문맥에 따라 보충하였다.

6 　【역주】'머리가 두 개'라는 점에 대한 원이둬의 설명. 사실 머리가 둘인 동물들, 특히 쌍두사는 오늘날에도 적지 않게 발견되고 있다. 원이둬는 머리가 두 개라는 것이 비과학적이라고 하지만, 그렇게 볼 때 더 비과학적인 것은 사람의 상체에 뱀의 하체라는 것. 신화의 상징적 서술에 과학의 잣대로 해석을 할 때 문제가 생길 수 있음을 지적할 것!

빛 옷에 붉은 관을 쓰고 있다(紫衣朱冠)’는 세 가지는 그림에서 표현하고 있는 것과 완전히 부합한다. 우리가 연유나 위사가 복희·여와라고 믿는 이유로는 이밖에도 아래와 같은 것이 있다.

① 전해 오기로는 복희는 본래 ‘백왕의 첫째’인 제왕이며 따라서 그에게 제사를 지내거나 그를 본 사람은 천하를 다스릴 수 있다고 한다.

② 앞의 홍수이야기 1, 2, 3, 4, 12, 13, 18(29~31쪽 참고)에서는 뇌신雷神이 악한 세력인 마왕을 대표한다. 뇌신은 남매의 아버지(곧 복희의 아버지)와 원수가 되어 호시탐탐 복희 아버지를 해치려하였고, 결국 홍수를 일으켜 전 인류를 몰살시킬 뻔했다. 그러니 복희가 천둥을 무서워하는 것은 매우 자연스럽지 않은가? 따라서 『장자』에서 위사가 “우레 소리를 들으면 목을 쳐들고 일어섰다”하는 것은 이유 없는 행동이 아니다.

③ 이것은 매우 중요한 이유인데, 복희·여와를 중심으로 하는 홍수유민 이야기는 본래 묘족苗族 사이에서 가장 많이 전해졌던 것이다. 그래서 뤼이푸芮逸夫는 이 이야기가 본래 묘족으로부터 기원한 것이 아닐까 생각했다. 그의 생각에 따르면 복희·여와는 본래 마땅히 묘족의 조상신이었다 한다. 지금 나는 ‘연유’나 ‘위사’가 복희·여와라는 것을 고증했고, 『산해경』에서는 그들을 남방 묘족의 신이라고 한다는 점을 분명히 밝혔다. 이것은 뤼이푸의 추측과 완전히 일치하지 않는가?

「해내경」은 『산해경』중 가장 늦게 쓰인 부분이라 하며, 심지어 동한

시대까지 늦춰 보기도 한다. 그러나 이 전설은『장자』「달생」에서도 보인다.『장자』외편外篇에 속하는「달생」은 늦어도 서한시대를 넘어가지 않으며, 이르게 잡아 전국戰國시대 말기로도 볼 수 있다. 위에서 말한 모든 인수사신신人首蛇身神의 도상과 문자기록을 종합하여 그 연대를 고찰해 보면, 대체로 전국시대 말에서 시작하여 위진대魏晉代에까지 이른다. 이것은 상당히 재미있는 현상이다. 왜냐하면 이 시기가 고대 제왕으로서 복희·여와 전설이 역사서에서도 가장 활발하게 등장하던 시기이기 때문이다.

최초로 복희 또는 복희씨를 다룬 전적으로는『역경易經』(「계사전繫辭傳」하),『관자管子』(「봉선封禪」,「경중무輕重戊」),『장자』(「인간세人間世」,「대종사大宗師」,「거협胠篋」,「선성繕性」,「전자방田子方」),『시자尸子』(「군치君治」또 『북당서초北堂書鈔』153에서 인용한 일문逸文),『순자』(「성상成相」),『초사』(「대초大招」),『전국책』(「조책趙策」2) 등이 있다. 여와는『초사』(「천문」)과『예기禮記』(「명당위明堂位」),『산해경』(「대황서경大荒西經」)에 처음 보인다. 두 사람의 이름이 함께 보이는 예는『회남자淮南子』「남명훈覽冥訓」에서 비롯한다. 그들은 같은 책에서 이신二神(「정신훈精神訓」) 또는 이황二皇(「원도훈原道訓」)(「무칭훈繆稱訓」)으로 불린다. 오래지 않아 우리는 위서緯書(『상서중후尙書中候』,『춘추원명포春秋元命苞』및『운두추運斗樞』)에서 복희·여와가 삼황三皇 중의 이황二皇으로 열거되었음을 볼 수 있다.

대략 서한 말에서 동한 말까지가 복희·여와가 역사서에서 가장 빛을 발했던 시기일 것이다. 삼국시대 서정徐整의『삼오력기三五歷記』에 반고盤古7의 전설이 나타나기 시작하면서 복희의 지위는 하락하기 시작한다. 따라서 우리는 위진魏晉시대를 이 전설이 활약을 멈춘 시기로

정해 보겠다. 역사상 복희·여와 전설이 가장 활약한 시기는 바로 인
수사신신의 화상과 기록이 나타난 시기이므로, 이 현상은 역시 인수사
신신이 바로 복희·여와라는 가장 큰 가능성을 암시한다.

좌우에 머리가 달린 인수사신신으로 인해 생겨난 머리 둘 달린 사람
(二首人)의 전설 역시 이 시기 자료에서 발견된다.

> 규고는 돼지를 보면 등에 지고 도랑을 건너가는데, 그 요괴 인간은 머리
> 가 둘이다.
>
> 睽孤, 見豕負涂, 厥妖人生兩頭.
>
> — 경방京房, 『역전易傳』

> 평제 원시 원년 (…중략…) 6월에 장안에 사는 여자가 아이를 낳았는데,
> 두 개의 머리가 두 개의 목에 각각 달려 있었고, 얼굴은 서로 마주보고 있었
> 으며, 팔이 네 개에 가슴은 하나인데 모두 앞쪽을 향하고 있었다.
>
> 平帝元始元年 (…중략…) 六月, 長安女子生兒, 兩頭異頸, 面相鄉, 四臂共
> 匈, 俱前鄉.
>
> —『한서漢書·오행지五行志』 하지상下之上

---

7 【역주】 반고는 중국신화의 창세신이다. 반고는 천지가 생기기 전에 알과 같은 혼돈 상태
에서 생겨나 1만 8천 년 동안 잠을 잤고, 일어나 하늘과 땅을 1만 8천 년 동안 멀리 떨어뜨
려 놓은 후 쓰러졌다. 그의 숨결은 바람과 구름이 되고, 목소리는 천둥이 되고, 왼쪽 눈은
해, 오른쪽 눈은 달, 피는 강물, 피부는 밭이 되는 등 반고의 몸은 세상 만물로 변했다고
전한다. 『삼오력기』를 쓴 서정은 삼국시대 오吳나라(222~280) 사람이다. 따라서 원이
되는 3세기에 창세신인 '반고'가 중국신화에 등장하면서 복희의 지위가 상대적으로 하락
했다고 본 것이다.

몽쌍민은 옛날 고양씨에게서 태어나 부부가 되었는데, 임금이 몽쌍민을 이 들판(몽쌍지야)으로 추방했는데 서로 끌어안고 죽었다. 신조가 불사초로 그것을 덮으니 칠 년이 지나자 남녀가 모두 살아났는데, 목 하나에 머리가 두 개요 손은 네 개였다. 이것이 몽쌍민이다.

蒙雙民. 昔高陽氏有産而爲夫婦, 帝放之此野, 相抱而死. 神鳥以不死草覆之, 七年男女皆活, 同頸二頭四手. 是爲蒙雙民.

—『박물지博物志』2

이야기의 결말은 "함께 태어나고 부부가 되었다(同産而爲夫婦)"는 것인데 이것은 복희·여와가 남매로서 부부가 된 것과 특히 비슷하다. 이렇게 볼 때 인수사신상은 매우 이른 시기부터 전해졌을 뿐만 아니라, 남매 혼인형의 홍수 이야기도 한족漢族들 사이에서 일찌감치 존재했던 것 같다.

2. 두 마리 용의 전설

추측컨대 반인반수半人半獸의 인수사신 이전에, 분명히 몸 전체가 짐승인 전수형全獸型의 뱀신(蛇神) 단계가 있었을 것이다. 『국어國語』「정어鄭語」에서 사백史伯은 『일주서逸周書』「훈어訓語」를 인용하여 다음과 같이 말한다.

하나라가 쇠퇴하자 포나라의 신이 두 마리 용으로 변해 왕궁 뜰에서 교합하다가 "나는 포의 두 왕이다"라고 말했다. 하후가 점을 쳐보니, 죽이거나 제거하거나 하는 것이 모두 길하지 않았다. 점 궤에 용의 정액을 청해 그 것을 물으면 길하다 했다. 이에 용에게 예물을 바치고 제문을 써서 고하자, 용은 사라지고 그 정액이 남았다. 그것을 궤 속에 보관하며 교외에서 전해 내려왔다. 은과 주에 이르기까지 그것을 열지 않다가, 여왕 말년이 되자, 그것을 열어 보았는데 정액이 뜰에 흘러나와 도통 없앨 수가 없었다. 왕이 부인들에게 치마를 벗고 정액에 대고 시끄럽게 소리 지르게 하니, 그것이 검은 도마뱀으로 변했다.

夏之衰也, 褒人之神化爲二龍, 以同於王庭, 而言曰, “余, 褒之二君也.” 夏后卜殺之, 與去之, 莫吉. 卜請其漦而藏之, 吉. 乃布幣焉, 而策告之. 龍亡而漦在, 櫝而藏之, 傳郊之, 殷周莫之發也, 及厲王之末, 發而觀之, 漦流於庭, 不可除也. 王使婦人不幃而譟之, 化爲玄黿.

원문에서 ‘동同’은 교합하는 것을 의미한다.[8] 「해내경」에서는 “백릉이 오권의 아내인 아녀연부와 정을 통했다(伯陵同吳權之妻阿女緣婦)”라고 했는데 곽박 주에서는 이에 대해 “동은 통음과 같은 것이다(同猶通淫之也)”라 했다. 『급취편急就篇』[9]에도 역시 “목욕하고 눈썹을 가다듬고 교합을 적게 한다(沐浴揃撤寡合同)”는 말이 있다. “두 마리 용이 왕궁 뜰에서 교합한다”는 것은 “좌우에 머리가 달린(左右有首)” 인수사신의 교

---

8   【역주】 저자는 이 두 마리 용을 복희 · 여와 교미상과 연관시키기 위해 ‘동同’을 교합한다는 뜻으로 해석하지만, 일반적으로는 두 마리 용이 왕궁 뜰에 ‘함께 나타났다’거나 ‘함께 머물렀다’고 해석되는 경우가 많다. 귀주인민출판사貴州人民出版社 판 『국어전역國語全譯』에서도 ‘함께 머물렀다(同處)’는 뜻으로 풀었다.
9   【역주】 서한의 원제元帝(기원전 48~33) 때 학자 사유史游가 지은 문자교본으로, 당시의 상용한자 약 1,900자를 31장으로 나누어 암송하기 편하게 만들었다.

미상을 연상시킨다.

'두 왕(二君)'에 대해서는 위소韋昭 주에서 "두 선군(二先君)"이라 했고, 『사기史記』「주본기周本紀」 집해集解에서는 "용이 스스로를 포의 두 선왕이라고 했다(龍自號褒之二先君也)"는 우번虞翻의 말을 인용했다. 두 용이 "왕궁의 뜰에서 교합한" 암수 용 한 쌍이라는 점으로 추측해 본다면, 이른바 '두 왕(二君)'이란 자연스럽게 부부 두 사람이 된다. 부부 두 사람은 함께 사람의 '선군先君'이 될 자격을 가지고 있고, 또한 용의 화신이기도 하다는 점에서 복희·여와와 너무나 비슷하다. 복희伏羲는 본래 포희包羲라고도 했으며, 포包와 포褒는 동음同音이니, 복희씨는 포국褒國과 긴밀한 관계가 있는지도 모른다. 적어도 우리는 이 두 마리 용신이 인수사신의 두 신과 함께, 하나의 전설이 변천하는 과정 속에서의 두 단계를 나타낸다고 보며 이것은 절대 견강부회가 아니다.

현존하는 문헌 중 「정어」의 기록처럼 이야기가 완전하고, 이렇게 온전하게 두 마리 용 전설의 원형을 보존하고 있는 것은 다른 데에서는 물론 찾아보기 어렵다. 그러나 조금만 주의를 기울이면 이 전설의 작은 편린들은 도처에서 찾아 볼 수 있다. 몇 가지 예를 들어보자.

1) 교룡交龍

교룡으로 깃발 문양을 만들었다.

交龍爲旂.

— 『주례周禮』「사상司常」

옛날에 황제는 코끼리 수레를 탔고, 교룡 필방이 함께 수레를 끌었다.

昔黃帝駕象車, 交龍畢方幷轄.

— 『풍속통의風俗通義』「성음聲音」

비단에 큰 교룡과 작은 교룡 문양이 있다.

錦有大交龍, 小交龍.

— 『업중기鄴中記』

교룡交龍은 무엇인가?『주례』「사상」의 “제후가 깃발을 세운다(諸侯建旒)”는 구절에 정현鄭玄[10]은 “제후의 (깃발에) 그린 교룡은, 한 마리는 조정으로 올라가고 하나는 돌아 내려가는 모양이다(諸侯畫交龍, 一像其升朝, 一像其下復也)”라고 주를 달았다. “조정으로 올라가고, 돌아 내려간다”는 해석이 매우 우습다. 하지만 이 주석의 뜻을 ‘교룡’이라는 것이 두 마리 용이 서로 교접하는 것으로, 한 마리는 머리가 위를 향해 있고 한 마리는 머리가 아래를 향해 있다는 것으로 본다면 이는 옳다. 그는 『근례기覲禮記』에서 “천자는 큰 깃발을 다는데, 해와 달의 모양에다, 올라가는 용과 내려오는 용이 있다(天子載大旂, 像日月, 升龍降龍)”고 한 것에 대해 다음과 같이 주를 달았다.

---

10 【역주】 정현鄭玄(127~200) : 자는 강성康成이고 고밀高密 사람이다. 동한 말기의 대표적 경학자이다. 일찍이 태학에 들어가 『경씨역京氏易』, 『공양춘추公羊春秋』, 『구장산술九章算術』 등을 공격하였고, 장공조張恭祖에게서 『고문상서古文尚書』, 『주례周禮』, 『좌전左傳』 등을 배웠으며, 마융馬融에게서 고문경을 배웠다. 고문경학을 위주로 하면서도 금문경학의 학설을 참고하며 여러 경에 주를 달았다. 「천문칠정론天文七政論」, 「중후中侯」 등 다수의 저술을 남겼고, 한대漢代의 경학을 집대성한 사람으로 평가받는다.

큰 깃발은 대상이라고 한다. 왕은 대상을 세우는데 깃머리에 해와 달이 그려져 있으며 그 밑에서 비단 띠까지에는 날아오르는 용과 하강하는 용이 교차되어 그려져 있다.

大旂, 大常也. 王建大常, 緣首畫日月, 其下及旒交畫升龍降龍.

이른바 "날아오르는 용과 하강하는 용이 교차되어 그려져 있다"는 것은 바로 두 마리 용이 서로 교접하여 한 마리는 위를 향하고 한 마리는 아래를 향하는 형상이다. 『석명釋名』「석병釋兵」에서는 이렇게 말했다.

교룡이 그려져 있는 것은 '기旂'이다. '기'는 '의지하는 것(倚)'이며, 두 마리 용이 서로 의지하는 것을 그린 것이다.

交龍爲旂. 旂, 倚也, 畫作兩龍相依倚.

유희劉熙의 해석과 정현의 해석은 약간 다르지만, 교룡을 두 마리 용이라 여기는 것은 정현과 같다.

이른바 교룡은 두 마리 용이 서로 교접하는 그림이며, 이런 종류의 그림을 그린 깃발은 천자나 제후의 상징이기도 했다. 따라서 '교룡'과 그 "왕궁 뜰에서 교접한(同于王庭)" 포나라의 두 마리 용이 같은 성격의 용임은 의심할 여지가 없다. 『한서漢書』「고제기古帝紀」에서 다음과 같이 말한다.

그 어머니 유온은 일찍이 대택의 물가에서 쉬다가 꿈에 신을 만났다. 이때 우레와 번개가 치며 깜깜해졌다. 아버지 태공이 보러 갔다가 하늘 위의 교룡을 보았다. 교접이 끝나고 나니 임신이 되어 있었고, 결국 고조를 낳았다.

母劉媼, 嘗息大澤之陂, 夢與神遇. 是時雷電晦冥. 父太公往視, 則見交[11]龍于上. 已而有娠, 遂産高祖.

이 교룡 역시 서로 교접하는 암수 두 마리 용으로, 수컷용은 신이고 암컷용은 유온이다.[12] 신과 유온을 나타내는 두 마리 용 역시 포나라의 두 임금을 나타내는 두 마리 용과 같은 성격의 용이다. 우리는 앞에서 이미 복희·여와와 포나라의 두 임금의 비슷한 점을 언급했었는데, 다시 『노사路史』 「후기後紀」 1의 주에서 『보독기寶櫝記』를 인용한 것을 보자.

제의 딸이 화서의 연못에서 놀고 있다가 뱀에 감응하여 임신을 하였는데, 13년 만에 포희를 낳았다.

帝女游於華胥之淵, 感蛇而孕, 十三年生庖犧.

이는 "적룡이 여온을 감응시켜(赤龍感女媼)"(『태평어람太平御覽』 87에서 인용한 『시함신무詩含神霧』) 유방劉邦을 낳은 이야기와도 얼마나 비슷한가!

---

11 『사기史記』에서는 '교蛟'로 썼는데 틀린 것이다. 자세한 설명은 아래의 주를 참조.

12 이어지는 문장에서는 고조가 "취하여 누우면, 무부와 왕온은 그 위에 항상 용이 있는 것을 보았다(醉臥, 武負王媼見其上常有龍)"고 한다. 고조 자신이 용이며 그의 어머니도 당연히 용이다. 『정의正義』에서 인용한 『진류풍속전陳留風俗傳』에서는 이렇게 말했다. "패공이 군사를 일으켜 벌판에서 전투를 하던 중에 황향에서 황비가 돌아가셨다. 천하가 평정되자 사자를 시켜 황비의 관으로 초혼의식을 벌였더니 붉은 뱀이 물에서 스스로 몸을 씻고 관 속으로 들어왔다(沛公起兵野戰, 喪皇妣於黃鄕. 天下平定, 乃使使者以梓宮招幽魂, 於是有丹蛇在水, 自灑濯入於梓宮)." 이를 통해 유온도 원래 용이었음을 증명할 수 있다. 여기서 유온이 한 마리 용이고, 신이 또 한 마리로 바로 '두 마리 용二龍'이다.

2) 등사騰蛇

옛 책에 나오는 이른바 '등사騰蛇'는 '등사騰蛇'로 쓰기도 한다.

비룡은 구름을 타고, 등사는 안개에서 노닌다.

飛龍乘雲, 騰蛇游霧.

—『한비자韓非子』「난세難勢」에서 인용한『신자愼子』

등사는 다리가 없이 날아간다.

騰蛇無足而飛.

—『순자荀子』「권학勸學」

등사는 땅에 엎드리고 봉황은 하늘을 덮는다.

騰蛇伏地, 鳳凰覆上.

—『한비자韓非子』「십과十過」

등사는 안개에서 노니는데 지네와 비슷하다.

騰蛇游霧而殆於蝍蛆.

—『회남자』「세림說林」

등사는 안개와 이슬에서 노닐다가, 비바람을 타고 가는데 천리를 가도 멈추지 않는다.

騰蛇游於霧露, 乘於風雨而行, 非千里不止.

허신許愼이 말한 등騰은 일종의 신령스런 뱀으로 곽박은 그것을 용의 종류라고 말했다. 그것이 "구름과 안개를 일으킬 수 있고 그 안에서 노닌다(能興雲霧而游其中)"(『이아爾雅』 곽박 주)는 것과, 또 "비늘이 있다(有鱗甲)"(『후한서後漢書』 주에서 인용한 『이아』의 구주舊注)고 한 것을 보면, 등사가 용 종류에 속하는 일종의 신령한 뱀이라고 하는 것은 믿을 만하다. 『한서漢書』「천문지天文志」에 "권權은 헌원軒轅이며 황룡의 몸이다(權, 軒轅, 黃龍體)"라고 한 것의 주에서는 맹강孟康이 "형태가 등룡騰龍같다"고 말한 것을 인용했다. 만일 여기서 말하는 등룡이 곧 등사騰蛇라면 등사騰蛇가 용의 한 종류라는 것은 더욱 문제가 되지 않는다.

그러나 등騰자의 함의는 설명된 적이 없는 것 같다. 나는 등사騰蛇의 '등騰'과 교룡交龍의 '교交'는 의미가 같다고 생각한다. '등騰'의 소리 부분은 '짐朕'이다. '짐朕'이라는 글자에는 '둘(二)'의 뜻이 많다. 가장 분명한 예를 들어 보면, '등䅨'(의미 부분은 짐朕이고 소리 부분은 없다)의 경우 뜻이 '쌍雙'이고(『방언方言』 2), '잉媵'의 뜻은 둘(二)이며(『광아廣雅』「석고釋詁」 4), '권㔾'의 뜻이 "항아리의 양쪽 머리 부분에 있는 물건(甀兩頭有物)"(『방언方言』 7 곽박 주)인 것 등이다. 이로부터 인신되어 어떤 물건이 서로 증가하는 것을 '잉媵'이라 하고(『설문說文』), 암수가 서로 교접하는 것을 '등騰'

---

13 【역주】『설원說苑』은 한漢 유향劉向이 지었으며 총 20권이다. 춘추전국春秋戰國시대부터 한대漢代에 이르기까지 전해지는 각종 이야기와 일화를 각 유類에 나누어 수록하였는데, 매 유의 앞에는 총설을, 일화 뒤에는 자신의 견해를 담은 안어按語를 덧붙였다. 내용에는 제자諸子들의 언행이 많고, 치국안민治國安民이나 가문과 국가의 흥망에 대한 철학적 격언들도 적지 않게 담겼다.

이라 한다. 서로 교접하는 것은 서로 더한다는 뜻과 매우 가깝다. 『월령月令』에서는 이렇게 말한다.

> 이에 소가 교미하고 말이 교미하니, 목장에서 암컷과 노니네.
>
> 乃合累牛騰馬, 遊牝于牧.

이에 대해 정현은 주에서 "루累나 등騰은 모두 짝에 올라타는 것을 이른다(累騰皆乘匹之名)"라고 말했다. "짝에 올라타는 것(乘匹)"은 『주례』「목사牧師」에서 "중춘에 통음한다(仲春通淫)"고 하고 「교인校人」에서 "봄에 성숙한 말을 잡아두네(春執駒)"라고 하였으니, 정현은 「교인校人」에 주를 달아 "봄에 통음할 때, 말이 약해지는 것은, 그것이 짝에 올라타느라 몸을 상하기 때문이다(春通淫之時, 駒弱, 爲其乘匹傷之也)"라고 하였다. 등사螣蛇의 '등螣'은 본래 '등騰'이라고도 하니, '등사'의 본래 의미는 마땅히 '짝에 올라타는 뱀'이다. 『회남자』「태족훈泰族訓」에서는 다음과 같이 말했다.

> 등사의 수컷은 위 바람에 울고, 암컷은 아래 바람에 울어,[14] 변화하여 형태를 이루니 이것은 정精의 지극함이다.
>
> 螣蛇雄鳴於上風, 雌鳴於下風, 而化成形, 精之至也.

유협劉勰은 『신론新論』「유감類感」에서 등騰을 '등螣'으로 썼다.[15] "수

---

14 【역주】 이 문장에서 '上風'과 '下風'을 각기 바람이 불기 시작하는 곳과 바람을 맞이하는 곳으로 보는 해석도 있다.
15 『장자莊子』「천운天運」에서는 "충의 수컷은 윗 바람에 울고, 암컷은 아랫 바람에 응하여

컷이 위 바람에 울고 암컷이 아래 바람에 울어, 변화하여 형태를 이루었다"는 것은 바로 두 뱀이 서로 교접한다는 관념에서 변천되어 나온 일종의 전설이다. 등사螣蛇는 또 분사奔蛇라고도 하는데 『회남자』 「남명훈」 고유高誘[16]의 주와 『이아爾雅』 「석어釋魚」 곽박 주에 보인다.

'분奔'에도 역시 짝에 올라탄다는 뜻이 있다. 『시경詩經』 「용풍鄘風」 〈순지분분鶉之奔奔〉에는 이런 구절이 있다.

> 메추리도 짝짓고, 까치도 쌍쌍이 노닌다.
> 鶉之奔奔, 鵲之彊彊.

『석문釋文』에서는 『한시韓詩』를 인용하여 "분분, 강강은 짝에 올라타는 모습이다(奔奔彊彊, 乘匹之貌)"라고 하였다. 『좌전左傳』 양공 27년에서 백유伯有가 "순지분분鶉之賁賁"을 읊자 조맹趙孟이 "침대 밑에서나 쓸 말(床第之言)"이라고 지적했다는 것으로 보아 『한시』의 해석이 맞음을 증명할 수 있다. 등사螣蛇는 분사奔蛇라고도 하며 '등螣(騰)'과 '분奔'은 모두 짝에 올라탄다는 의미로 풀이하는데, 등사의 본뜻은 위에서 설명한 교룡의 뜻과 같다는 것을 알 수 있다.

풍화한다(蟲, 雄鳴於上風, 雌應於下風而風化)"고 하였는데 충蟲은 등螣의 소리가 바뀐 것聲轉이다. 등螣은 소리 부분이 짐朕이고, 침부侵部이자 충동부蟲冬部이다. 이 두 부는 옛음이 가장 가깝기에 장병린章炳麟은 이를 한 부로 합쳤다. 『한비자韓非子』 「십과十過」에서 "등사가 땅에 엎드리다(螣蛇伏地)"라 하고 『사류부事類賦』 주注 11에서 등螣을 인용하며 역시 충蟲으로 썼다.

16 【역주】 고유高誘 는 동한대의 학자로 탁군涿郡(오늘날의 하북성河北省 탁현涿縣) 출신이다. 어려서 동향의 노식盧植에게 배웠다. 『맹자장구孟子章句』, 『효경주孝經注』, 『전국책주戰國策注』, 『회남자주淮南子注』, 『여씨춘추주呂氏春秋注』 등을 지었다.

또한 '등縢'을 (묶는다는 뜻의) '등縢'이라 하는 것은 '교交'를 (꼰다는 뜻의) '교絞'라 하는 것과 같다. 만약 실제 쓰임과 상관없이 문자 형태만 가지고 말하자면 등사縢蛇는 등사縢蛇라 말할 수 있고, 교룡交龍은 교룡絞龍이라 말할 수 있다. '등縢'과 (얽힌다는 뜻의) '전纏'은 같은 음이 변한 것이다. 『예기禮記』「잡기소雜記疏」에서는 이렇게 말했다.

【끈】 두 줄이 서로 꼬인 것을 교라 한다.
【繩】 兩股相交謂之絞.

'전纏'이 '교絞'와 같은 뜻인 것은 '등縢(騰)'이 '교交'와 같은 뜻인 것과 마찬가지이다. 또한 『방언方言』5에서 "망치(槌)가 가로로 된 것을 관서 지역에서는 '짐栚'이라고 한다(槌, 其横關西栚)"라고 했고, 곽박 주에서 "교校라 부르기도 한다"고 했다. 전역錢繹의 『방언전소方言箋疏』에서는 이러게 말했다.

짐栚(栚)은 교校라고도 하는데, '베를 짤 때 북이 교차하는 모양을 교交라 하는 것과 같다'라 했다. 『설문說文』에서는 '복榎은 만남이 지속되기를 기대하는 것'이라고 했다. 또한 노나라 계경강은 '직織'에 대해서 '교류가 지속되어 잃지 않으니, 출입이 끊이지 않는 것을 곤이라 한다'고 했다. '지교持交'는 곧 '만남을 지속하는 것'이다.
栚(栚)亦名校者, 猶機持會者謂之交也. 『說文』: '榎, 機持會者.' 又魯季敬姜說織曰 : '持交而不失, 出入不絶者梱也.' 持交卽持會也.

등사는 일명 교룡으로 짐㼜을 교校라 하는 것과 같은 경우에 속한다. 교校는 그 뜻을 서로 만남이라는 뜻의 '교회交會'에서 가져왔으니, 짐㼜이 서로 얽히다는 뜻의 '등전螣纏'에서 그 뜻을 가져왔음을 알 수 있다. 교룡交龍과 등사螣蛇의 이름은 교합交合과 등전螣纏의 뜻에서 취한 것이며 이는 또한 교校와 짐㼜의 뜻을 교회交會와 등전螣纏에서 취한 것과 마찬가지인 것이다. 종합하면, '등사'와 '교룡'은 그런 관점에 구애받지 않고 말하면 모두 동의어이다. 교룡이 "왕궁 뜰에서 교합(同于王庭)"하던 포襃나라의 두 마리 용과 같은 성질의 것임은 윗글에서 이미 논의했다. 지금 또한 등사螣蛇와 교룡交龍이 동의어임을 증명했으므로 등사螣蛇와 포나라의 두 마리 용과의 관계는 말하지 않아도 다 알 것이다.

3) 쌍두사

머리 둘 달린 뱀 역시 여러 가지 이름이 있다. 전설 중에서 이런 이상한 형태의 뱀들은 다음과 같이 한 종류로 모을 수 있다.

중앙에 직수사(쌍두사)가 있다.
中央有枳首蛇焉.

—『이아爾雅』「석지釋地」

초나라 재상 손숙오가 아이였을 때 쌍두사를 보고 그것을 죽인 뒤 묻었다.
楚相孫叔敖爲兒之時, 見兩頭蛇, 殺而埋之.

—『논형論衡』「복허福虛」

지금 강동지역에서는 쌍두사를 월왕이 머리를 묶은 것이라 부른다.

今江東呼兩頭蛇爲越王約發.

—『이아』「석지」 곽박 주

홍홍이 그 (군자국) 북쪽에 있는데 각각 머리가 둘이다.

蚕蚕在其(君子國)北, 各有兩首.

—「해외동경海外東經」

회(훼)는 머리가 둘이다.

蚘(虺)二首.

—『안씨가훈顔氏家訓』「권학勸學」에서 인용한『장자』의 일문佚文

벌레 중에 회라는 것이 있는데 몸이 하나에 입이 둘이다.

虫有蚘者, 一身兩口.

—『한비자韓非子』「세림說林」하下

방황은 뱀처럼 생겼는데, 머리가 둘에 오색 무늬가 있다.

方皇狀如蛇, 兩頭, 五彩文.

—『장자』「달생」 사마표司馬彪 주

‘머리가 둘’이라 하는 것은 좌우로 머리가 둘인지 혹은 앞뒤로 둘인지는 거론할 필요가 없다. 이것은 모두 두 마리 뱀의 교미 상태의 오해이거나 왜곡이다. 이 점은 쌍두사와 쌍두 동물들에 관한 몇 가지 기록을 참고하여 증명할 수 있다.

① 류鸓라는 새는 머리가 둘에 발이 넷이며, 소 모양의 천신天神은 발이 8개에 머리가 둘인데, 모두 『산해경』에 보인다. 신록神鹿은 몸 하나에 발이 8개, 머리가 둘로 『초사』 「천문」 왕일 주에 보인다. 새가 머리가 둘이고 동시에 발이 넷이라 한 데서, 본래 두 마리 새임을 알 수 있다. 짐승이 머리가 둘이고 동시에 발도 여덟이라 한 데서, 본래 두 마리 짐승임을 알 수 있다.

② 『공양전公羊傳』 선왕宣王 5년 「양소楊疏」에서 인용한 옛 설에서는 이렇게 말했다.

> 쌍쌍지조는 몸은 하나인데 머리가 둘로 꼬리에 암수가 있으며 항상 떨어지지 않는다.
>
> 雙雙之鳥, 一身二首, 尾有雌雄, 隨便而偶, 常不離散.

암수를 다 갖추고 있고 항상 떨어지지 않는다는 것이, 두 마리 새가 교배하는 상황이라는 것은 매우 분명하다.

③ 머리 둘 달린 돼지는 병봉幷封이라 부르고(「해외서경海外西經」), 병봉屛蓬이라고도 한다(「대황서경」). 교충蟜蟲이라 부르는 머리 둘 달린 신

이 사는 산은 '평봉지산平逢之山'이라고 한다(「중산경中山經」). '병봉幷封', '병봉屛蓬', '평봉平逢' 등의 이름의 본자는 '병봉幷逢'으로 봐야 한다. '병幷'과 '봉逢'은 모두 '합한다(合)'는 뜻이 있다. 짐승의 암수가 교합하는 것을 '병봉幷逢'이라 함은 인간의 남녀가 사사로이 교합하는 것을 '평姘'(「창힐편蒼頡篇」)이라고 하는 것과 같다. 『시경詩經』「주송周頌」〈소비小毖〉에서는 이렇게 말한다.

> 내가 징계함은 후환을 없애기 위해서이니, 함께 끌어당김이 없게 하는 것
>
> 予其懲而毖后患, 莫予荓蜂

『모전毛傳』에서 는 "병봉은 끌어당기는 것이다(荓蜂, 曳也)"라고 했다. 병봉荓蜂은 병봉甹夆으로도 쓴다. 『이아爾雅』「석훈釋訓」에서도 "병봉은 끌어당기는 것이다(甹夆, 掣曳也)"라고 했고, 곽박 주에서도 "끄는 것을 말한다(謂牽扡)"고 했다. 병봉荓蜂(甹夆)은 즉 함께 만나는 것(幷逢)이다. 교합하는 것과 끌어당기는 것은 단지 같은 종류의 행동에 있어서 중심에 가까운 것과 중심에서 좀 떨어진 것, 두 가지 동작일 뿐이다. 성홍지盛弘之의 『형주기荊州記』[17]에서는 무릉군武陵郡 서쪽의 쌍두 사슴(兩頭鹿)을 "앞뒤로 머리가 있으며, 늘 한 머리로는 식사하고, 한 머리로는 나아간다(前後有頭, 常以一頭食, 一頭行)"고 묘사했다. 이것은 바로 '병

---

17 【역주】『형주기荊州記』는 남조南朝 송나라의 성홍지盛弘之가 지었다. 이 책은 남북조南北朝 시기 제齊, 양梁, 서위西魏의 저술 중 주석에서 자주 언급되며, 당대唐代와 송대宋代 지리 문헌들에서 특히 자주 인용되었다. 하지만 원본은 사라진지 오래되었고, 성홍지의 생평이나 행적도 알 수 없다. 오직 『수서隋書』「경적지經籍志」에 "『형주기』 3권, 송宋 임천왕시랑臨川王侍郎 성홍지가 지음"이라는 기록이 있을 뿐이다.

봉弉逢'이라는 말이 가진 "끌어당긴다(掣曳牽扡)"는 의미의 구체적 설명이다.

④「서산경西山經」에서 "그 새들 중에는 류조가 많은데 (…중략…) 검붉은 빛깔에 머리가 둘이고 발이 넷이다(其鳥多鸓, (…중략…) 赤黑而兩首四足)"라고 했다. '류鸓'는 마땅히 『월령月令』에 "소가 교미하고 말이 교미한다(累牛騰馬)"라고 할 때의 '루累'와 통하는 것으로, 정현 주에서는 "배필에 올라타는 것을 이름(乘匹之名)"이라 풀이했다. '승필乘匹'의 해석은 이미 윗글에 자세히 해놓았다. '루累'와 '등騰'은 같은 뜻이고 '루累'와 '류鸓', '등騰'과 '등螣'도 모두 통한다. 그러므로 짝을 탄 새를 류鸓라 하며 짝을 탄 뱀을 등螣이라 하는 것과 마찬가지이다. 이상으로 우리는 머리 둘 달린 새들과 머리 둘 달린 짐승들의 명칭과 형상의 분석을 통해, 그것들이 모두 짐승들의 성행위에 관한 일종의 왜곡된 기록임을 알아냈다.[18]

머리 둘 달린 뱀도 이런 식으로 유추할 수 있다. 다시 한 번 류조鸓鳥와 등사螣蛇라 이름 하는 것이 완전히 같은 뜻임에 주의해 보자. 만약 이로부터 재 추론해 보면, 머리 둘 달린 새를 류조라 부르므로, '머리

---

18 【역주】 원이되는 쌍두사나 머리 둘 달린 짐승에 대한 기록들을 문자 그대로 해석하는 것은 비과학적·비현실적인 것으로 보고 이것이 성행위를 하는 짐승을 묘사하는 것이라고 보았지만, 사실상 오늘날에도 전 세계적으로 쌍두사는 빈번히 발견되며, 머리 둘 달린 소나, 양, 거북, 돼지 등이 발견되는 일도 적지 않다. 오히려 비현실적인 것은 사람 머리에 뱀의 몸이 달린 '인수사신人首蛇身'의 존재라고 할 수 있으나, 이에 대해서는 이 책에서 후술하듯 토템신앙이 반영된 것이며 문신을 하거나 하여 숭배하는 동물의 모습을 따라한 인간이 바로 인수사신이라고 할 수 있다는 다소 무리한 논리를 펴고 있다. 『복희고』를 읽을 때 조금 유의할 부분이라고 생각된다.

둘 달린 뱀'을 등사라 부르지 못할 이유가 없는 것이다. 이는 불가능한 것이 아니다. 만약 우리가 교룡交龍에서 등사까지, 등사에서 머리 둘 달린 뱀까지의 과정이 전설의 변천 과정 중 세 가지 필연적 단계라는 점을 분명히 이해한다면 말이다.

'교룡交龍'이란 단어에서, 그 용이 암수 두 마리 용이란 점은 분명하고 쉽게 알 수 있다. 반면 '등사螣蛇'는 그렇지 않다. 만약 위에서 『회남자』의 "수컷이 위 바람에 울고 암컷이 아래 바람에 운다"는 두 구절이 아니라면 이 뱀이 암수 두 마리 뱀이라는 것은 구체적 증거가 없었을 것이다. 그러나 여기서 '두 마리 뱀(二蛇)'이라는 함의가 감춰졌을 뿐이고, 그 속뜻을 헤아려 보아도 역시 그 일면에 대해 소극적으로 침묵한 것임이 분명하다. 하지만 '쌍두사'라고 얘기하는 것은 곧 한 마리 뱀만 있음을 적극적으로 인정하는 것이다. 세 가지 명칭은 바로 신화의 진상에서 점점 멀어져간 세 가지 관념을 나타낸다. 그러나 왜곡이 가장 심한 머리 둘 달린 뱀 전설에서도 종종 가장 진실하고 가장 정확한 약간의 정보가 노출되고 있다. 강동에서는 머리 둘 달린 뱀을 "월왕약발越王約發"이라고 부른다. '약발約發'은 이해하기 쉽지 않지만, '월왕越王'이라는 두 글자가 나타내는 신분이 '포나라의 두 임금(褒之二君)'의 신분인 두 마리 용과 서로 같지 않은가? 손숙오孫叔敖가 머리 둘 달린 뱀을 죽인 이야기도, 비교적 세밀한 분석을 거치면 역시 비슷한 정보가 노출된다. 그러나 이 문제는 너무나 복잡하므로 여기서는 논의할 수 없겠다.

4) 일반적인 두 마리 용

옛 책에서 용 이야기를 할 때 '두 마리 용'에 대해서 종종 언급된다.

> 상제가 (공갑에게) 타고 다니는 용을 하사했는데, 하수와 한수에 각각 두
> 마리로, 각기 암컷 수컷이 있었다.
>
> 帝賜之(孔甲)乘龍, 河漢各二, 各有雌雄.
>
> —『좌전左傳』「소공昭公 29년」

> 위 안리왕 4년에, 벽양군의 제어가 두 마리 용을 낳았다.
>
> 今王(魏安釐王)四年, 碧陽君之諸御産二龍.
>
> —『개원점경開元占經』「인급귀신점人及鬼神占」에서 인용한
>
> 『죽서기년竹書紀年』

> 진나라가 오랑캐를 침범하여 황룡 한 쌍을 가져왔다.
>
> 秦犯夷, 輸黃龍一雙.
>
> —『후한서』「남만전南蠻傳」에서 진秦 소왕昭王과
>
> 판순만이板楯蠻夷[19]가 맹약한 이야기

---

19 【역주】'판순만족'은 고대 파인巴人의 지계로 '백호이白虎夷', '백호복이白虎復夷', '종인賨人', '파인'이라고도 부른다. 이들은 고대 천동川東 지역인 사천四川 낭중閬中 일대에 분포하여 살았다. 나羅, 박朴, 독督, 악鄂, 도度, 석夕, 공龔의 주요 일곱 성姓이 있었고, 활쏘기와 수렵을 잘 하며 가무를 좋아했다고 한다. 오늘날의 가릉강嘉陵江을 따라 거주하였으며 나무판(木板)으로 방패(楯)를 삼아 용맹하게 싸운다고 하여 '나무방패 오랑캐'라는 뜻의 '판순만'이라고 불렀다. 전해지는 말로는 진나라 소양왕 때 판순만족이 진나라를 위해 호환虎患을 없애준 공이 있어 소양왕이 땅을 하사하고 부역과 조세를 면제해 주었다고 한다.

혜제 2년 정월 계유일 아침에 두 마리 용이 난릉 궁정 동쪽 온릉정이라는
우물에 나타났다.

惠帝二年正月癸酉旦, 有兩龍見於蘭陵廷東里溫陵井中.

—『한서漢書』「오행지五行志」하의 상下之上

공자가 태어나던 날 밤, 두 마리 창룡이 하늘에서 내려왔다.

孔子生之夜, 有二蒼龍自天而下.

—『복후고금주伏候古今注』

(감로) 사 년 봄 정월, 황룡 두 마리가 영릉현 경계지역 우물에 나타났다.

(甘露)四年春正月, 黃龍二見寧陵縣界井中.

—『위지魏志』「고귀향공전高貴鄕公傳」

손초가 상서를 올렸다. "들리는 말에 의하면 무고의 우물 가운데 두 마리
용이 있다고 합니다."

孫楚上書曰 : "頃聞武庫井中有二龍."

—『개원점경』「용어충사점龍魚虫蛇占」에서 인용한 『진양추晋陽秋』

사회의 집 □택 남쪽 길에 오래된 우물이 있는데, 원가 2년에 물을 긷던
이가 갑자기 두 마리 용을 보았는데, 매우 분명하게 보았다.

한漢나라 초에는 유방劉邦이 관중關中을 차지하는데 도움을 주기도 하였으나 결국 조조
曹操에게 멸망당했다.

謝晦家室□宅南路上有古井, 以元嘉二年, 汲者忽見二龍, 甚分明.

―『개원점경』「용어충사점」에서 인용한『이원異苑』

신인이 두 마리 용을 타고 가는 이야기는 특히 그 수가 적지 않다.

두 마리 용을 몰고 뿔 없는 용이 호위한다.

駕兩龍兮驂螭.

―『초사』「구가九歌」〈하백河伯〉

우가 천하를 평정시키자 두 마리 용이 내려와 우는 용을 몰며 바깥 지역
으로 나아가 두루 돌아보고 돌아왔다.

禹平天下, 二龍降之, 禹御龍行域外,[20] 卽周而還.

― 돈황구초敦煌舊抄『서응도瑞應圖』잔권에서 인용한『괄지도括地圖』[21]

---

20 원래는 '외外'자가 빠져 있는데『박물지博物志』2에 의거하여 보충하였다.

21 【역주】『괄지도括地圖』는 한대漢代에 쓰인 지리서이다. 그림과 글이 같이 있는데, 그림 위
주로 이뤄져서 '도'라는 이름이 붙었다. 지리서이지만 그 안에는 참위서讖緯書와 성격이
매우 비슷한 부분이 많고, 신화전설적인 내용도 많아서 현실과 맞지 않는 부분이 많다.
따라서 청나라 혜동惠棟은『구요재필기九曜齋筆記』권1에서 "『외국도外國圖』·『괄지도』와
『산해경』은 서로 표리를 이루며 곽경순郭景純(곽박) 주에서도 역시 이를 인용하였으니
모두 옛 책들이다"라고 하였다. 따라서 어떤 이는『괄지도』를 참위서인『하도河圖』의 일
종이라고 보아『하도괄지도』라고 부르기도 했는데, 이것은 잘못된 것이다.『괄지도』는
결코『하도』의 일종이 아니며 옛 유서나 주석 등에서는 모두 그냥『괄지도』라고만 부른
다.『괄지도』는『수서』「경적지」와『당서唐書』「예문지藝文志」에는 모두 기록되지 않았
으니, 당시에 이미 완정본이 없어진지 오래되었으리라는 점을 알 수 있다. 현재는 청나
라 왕모王謨의『한당지리서초漢唐地理書鈔』집본輯本과 황석黃奭의『황씨일서고黃氏逸書考』
집본, 왕인준王仁俊의『玉函山房輯佚書補編』집본 등에 적지 않은 일문이 보존되어 있고,
그림은 모두 사라졌다. 이 책은 고대 중국의 신화전설과 지리관을 연구하는데 중요한 자
료이다.

대락지야에서 하후계는 구대를 연주하고, 두 마리 용을 탔다.

大樂之野, 夏后啓于此九代, 乘兩龍.

— 「해외서경海外西經」

남방의 축융은 짐승의 몸에 사람의 얼굴을 하고, 두 마리 용을 타고 다닌다.

南方祝融, 獸身人面, 乘兩龍.

— 「해외남경海外南經」

서방의 욕수는 왼쪽 귀에 뱀을 걸고, 두 마리 용을 타고 다닌다.

西方蓐收, 左耳有蛇, 乘兩龍.

— 「해외서경」

북방의 우강은 사람의 얼굴에 새의 몸을 하고, 귀에다 두 마리 푸른 뱀을 걸고, 두 마리 푸른 뱀을 밟고 있다.

北方禺彊, 人面鳥身, 珥兩靑蛇, 踐兩靑蛇.(黑身手足, 乘兩龍)[22]

— 「해외북경海外北經」

동방의 구망은 새의 몸에 사람의 얼굴을 하고, 두 마리 용을 타고 다닌다.

東方句芒, 鳥身人面, 乘兩龍.

— 「해외동경海外東經」

---

[22] 현전본에는 "검은 몸에 검은 손발이 달렸고 두 마리 용을 탔다(黑身手足, 乘兩龍)"는 부분이 "두 귀에 푸른 뱀을 걸고, 발로 두 마리 푸른 뱀을 밟고 있다(珥兩靑蛇, 踐兩靑蛇)"로 되어 있다. 이것은 곽박 주에서 인용한 판본에 따라 바꾼 것이다.

전설에서 다섯 영물 중 봉황, 기린, 호랑이, 거북이 등의 네 영물은 쌍을 이루어 나타난 적이 거의 없지만, 유독 용은 그렇지 않다. 여기에 어떤 유구한 신화적 배경이 있다는 점을 인정하지 않고는 이 현상을 해석하기 어려울 것이다. 이런 상황과 비슷한 것이 옛 기물의 쌍룡雙龍 (혹은 뱀)이 교접하는 형태의 평면 문양, 혹은 입체의 덧붙여진 부분, 예를 들어 손잡이, 귀, 손잡이끈, 발 등이다.[23] 이러한 것들은 사실적인 것을 그려놓은 것이거나, '변형된' 기하학적 도안인데, 그 연원이 어떤 신화의 모티브에 있음은 또한 매우 분명한 것이다. 위에서 언급한『업중기鄴中記』에서 "비단에는 큰 교룡과 작은 교룡이 있다"라고 한 것은 본래 비단의 도안을 가지고 말한 것이므로 또한 이 종류에 집어넣을 수 있다. 이상의 문자 기록과 조형예술에 보이는 두 마리 용(二龍)은, 응용의 실제 의미에서 사실 대부분이 이미 원시의 이룡二龍 신화와 연관 관계를 잃었다. 그러나 그 응용 범위의 보편성과 시간의 유구성은 그 신화가 우리 문화에서 점하는 영향력이 두터움을 반영한다. 이 신화는 단지 포襃의 두 마리 용과 고적 중에 산견되는 교룡, 등사, 쌍두사 전설 등의 공통 근원이며, 동시에 그것은 또한 인수사신人首蛇身의 이황二皇인 복희·여와와 그들의 화신인 연유延維나 위사委蛇의 기원이다. 신화 그 자체는 또한 어떻게 생겨났을까? 우리는 신화가 아주 오랜 옛날 토테미즘의 유물이라고 확신한다.

---

23 〈그림 7〉〈그림 8〉 참고.

3. 토템의 변천

우리는 앞에서 용에 대해 언급하기도 하고 뱀에 대해 언급하기도 했다. 용과 뱀의 관계는 도대체 어떤 것인가? 그들은 한 종류의 생물인가, 아니면 다른 종류인가? 독자들은 일찌감치 이 문제로 답답함을 느꼈을 것이다. 이 문제에 답을 하기 전에, 우리는 우선 도대체 무엇이 용인가를 물어야 한다. 그렇다. 무엇이 용인가는 확실히 하나의 수수께끼이다.

천문天文의 방성房星[24]은 용이면서 말이기도 하다.

용마가 갑을 물고, (…중략…) 황하으로부터 나왔다.

龍馬銜甲, (…중략…) 自河而出.

— 『상서尚書』「중후악하기中候握河紀」

세속에서 용의 모습을 그렸는데, 말 머리에 뱀의 꼬리이다.

世俗畫龍之象, 馬頭蛇尾.

— 『논형論衡』「용허龍虛」

---

[24] 【역주】 중국의 전통 천문학에서는 하늘의 적도를 따라서 그 부근에 있는 별들을 28개의 구역으로 구분하여 28수宿라고 불렀다. 각 구역에는 여러 개의 별자리들이 있는데, 그중에서도 대표적인 것을 수宿로 정했고, 각 수의 대표적인 별을 거성距星이라고 하였다. 28수는 편의상 7개씩 묶어 동서남북 네 방향으로 나누었는데, 동방 7수가 춘분날 초저녁 동쪽 지평선 위로 떠오르는 각角을 시작으로 차례로, 항亢 · 저氐 · 방房 · 심心 · 미尾 · 기箕의 별자리이다. 그중 방성房星 즉 네 개의 별로 이루어진 방수房宿이며, '천마天馬'를 상징한다.

용이 분명히 말을 닮았음을 알 수 있다. 용이 말을 닮았기 때문에, 말이 종종 용이라고 불리는 것이다. 아래는 모두 그 예이다.

창룡을 몬다.

駕蒼龍.

—『월령月令』

사람들이 말하길 천하에 왕노릇하는 자는 (…중략…) 기린[25]과 청룡을, 요임금은 흰 수레에 백마를 탔다고 한다.

人之言君天下者 (…중략…) 騏驎靑龍, 而堯素車白馬.

—『시자尸子』「군치君治」

아름다운 말은 청룡의 배필이다.

馬之美者, 靑龍之匹.

—『여씨춘추呂氏春秋』「본미훈本味訓」

말이 8척 이상 되면 용이다.

馬八尺以上爲龍.

—『주례周禮』「수인瘦人」

---

25 【역주】여기서 기린은 우리가 알고 있는 목이 긴 기린이 아니라 용의 머리에 말의 몸, 물고기의 비늘을 지니고 있는 상상의 동물이며 길상吉祥의 상징이었다.

용은 때때로 개를 닮기도 했다.

용을 그리려다 실패하니 도리어 개와 비슷했다

畵龍不成反類狗.

—『후한서』「공희전孔僖傳」

어떤 선인이 띠풀로 만든 개를 갖고 와 (…중략…) 자선이 그 노파에게 술
을 주고 각기 그 한 마리를 타니 용이 되었다.

有仙人持二茅狗來, (…중략…) 子先與酒嫗各騎其一, 乃龍也.

—『열선전列仙傳』「호자선전呼子先傳」

곡창이라 부르는 개가 있었다 (…중략…) 죽을 때가 되어 뿔이 나고 꼬리
가 아홉 개 났는데 알고 보니 황룡이었다.

有犬名鵠倉, (…중략…) 臨死生角而九尾, 實黃龍也.

—『박물지』8에서 『서언왕지徐偃王志』를 인용

정원 원년[26]에 흑룡이 개처럼 선양문으로 걸어왔다

正元元年有黑龍如狗走宣陽門.

—『진서陳書』

용이 개를 닮았기 때문에, 개가 용이라 불리기도 한다.

회계 구장 사람 장연이 (…중략…) 도성에서 개 한 마리를 기르는데, 매
우 빨랐으며 이름을 오룡이라고 했다.

會稽句章民張然 (…중략…) 在都養一狗, 甚快, 名曰烏龍.

—『수신후기搜神後記』9

이 밖에도 비늘이 있는 용은 물고기 같고, 날개가 있는 것은 새와 같
았고, 뿔이 있는 것은 사슴과 같다. 용과 가장 쉽게 혼합되는 각종 파충
류에 대해서는 더욱 열거할 필요가 없다. 그러니 용은 도대체 어떤 존
재인가? 우리의 답안은 이렇다. 용은 일종의 토템으로, 토템 속에서만
존재하고 생물계에는 존재하지 않는 일종의 허구적 생물이다. 왜냐하
면 용은 수많은 다른 토템이 혼합되어 이루어진 일종의 종합체이기 때
문이다.

부락의 겸병으로 생겨난 혼합 토템과 관련하여, 고대 이집트에는 그
확실한 예가 있다. 중국 역사에서 오방수五方獸[27] 중 북방의 현무는 본
래 거북과 뱀, 두 동물이 합쳐진 것인데, 이 역시 좋은 예이다. 차이점
은 이렇게 몇 개의 토템 단위가 병존하고 있는데 각 단위의 개별 형태
에는 변함이 없다는 점이다. 그러나 용은 많은 단위들이 융화작용을
거쳐 하나의 새로운 큰 단위를 형성했으며 그 단위들은 더 이상 개별

---

[27] 【역주】오방수五方獸는 동, 서, 남, 북, 중앙의 다섯 방위를 수호하는 신수神獸로서, 일반적
으로 중앙의 기린, 동쪽의 청룡, 남쪽의 주작, 서쪽의 백호, 북쪽의 현무를 일컫는다.

적으로 존재하지 않았다. 전자는 혼합식 토템, 후자는 화합식 토템이라 부를 수 있다. 부락은 강한 것이 약한 것을 겸병하고, 큰 것이 작은 것을 겸병하게 마련이다. 혼합식 토템 중에서도 하나의 주요 생물이나 무생물이 그 기본 중심 단위로 작용하고, 화합식 토템 중에서도 역시 하나의 생물이나 무생물의 형태가 중심이 되고, 나머지 생물이나 무생물 형태는 부가 성분이 된다. 용 토템은 부분적으로 말을 닮기도 하고 개를 닮기도 하며 물고기를 닮거나 새를 닮거나 사슴을 닮기도 하지만 어쨌든 그 중심부분과 기본 형태는 역시 뱀이다. 이것은 처음 여러 가지 토템 단위가 난립하던 시대에 뱀을 토템으로 삼던 부족이 그중 가장 강했기 때문에 여러 가지 토템의 합병과 융화는 이 뱀 토템이 무수한 약소단위를 겸병하고 동화시킨 결과임을 증명하는 것이다.

금문金文의 '용龍'자(「여종邸鐘」, 「왕손종王孫鐘」)와 '공龏'자(「송정頌鼎」·「송훼頌毁」, 「화훼禾毁」, 「진공훼秦公毁」, 「진후인자돈陳侯因齊金」)의 편방은 모두 사巳를 따른다. 사巳는 곧 뱀(蛇)이므로[28] 용의 기조는 여전히 뱀임을 알 수 있다. 대개 토템이 합병되기 전에는 이른바 용이라는 것은 단지 일종의 큰 뱀일 뿐이었고, 이 뱀을 '용龍'이라고 부르기도 했다. 나중에 이런 큰 뱀을 토템으로 하는 집단Klan이 다른 많은 토템 부족을 겸병·흡수했고, 큰 뱀은 비로소 짐승의 네 다리, 말의 머리, 갈기와 꼬리, 사슴의 뿔, 개의 발톱, 물고기의 비늘과 수염을 받아들였고, 그리하여 우리가 현재 알고 있는 용이 탄생한 것이다.

---

28 왕충王充, 정현鄭玄, 허신許慎 모두 사巳를 '사蛇'로 보았으니 틀림없다. 옛 글자에서 두 가지가 모두 뱀 모양일 뿐 아니라 상고음上古音의 자음聲母도 巳*dz와 蛇*dé一로 비슷하다.

이렇게 볼 때, 용과 뱀은 사실상 분리할 수 있기도 없기도 하다. 같은 종류라 하기엔 그들의 모습은 차이가 많고, 다른 종류라고 하기엔 용의 기초는 그래도 뱀이다. 또한 이미 그것을 용이라 칭한 것은 용을 뱀의 종류로 인정한다는 것인데, 앞에서 언급했듯 '용龍'은 처음에는 본래 큰 뱀의 이름이었기 때문이다. 결국 뱀과 용이라는 이름은 원래부터 섞여서 확실히 구분되지 않았기 때문에 우리들이 옛 문헌에서 용과 뱀에 관련된 전설을 인용할 때, 명확한 분류법이 없을 수밖에 없다. 심지어 그것이 정확히 분류되지 않는다는 문제는 우리에게 특별한 의미를 가진다. 용과 뱀이 구분 불가능하므로 우리는 용이 고대 토템 사회의 유물임을 더욱 확실히 증명할 수 있다. 토템의 합병은 토템식 사회 발전이 반드시 겪어야 할 과정이기 때문이다.

토템에는 동물이 있고 식물이 있으며 무생물도 있는데 가장 자주 보이는 것은 역시 동물이다. 동일한 토템의 구성성분은 모두 이 토템의 자손으로 여겨진다. 만일 토템이 어떤 동물이라면 그들은 그 동물을 조상으로 여긴다고 볼 수 있다. 따라서 그들 부족의 모든 성원도 그러한 동물인 것이다. 중국의 낙후 민족 가운데 일찍이 개를 토템으로 삼던 요족瑤族은 지금도 여전히 이런 의식을 보존하고 있다. 육차운陸次雲의 『동계견지峒谿纖志』29에서는 이렇게 나와 있다.

---

29 【역주】『동계견지峒溪纖志』는 중국의 사천四川, 운남雲南, 호남湖南, 귀주貴州, 광동廣東, 광서廣西, 해남도海南島 등 서남부 소수민족의 풍속을 기록한 잡기雜記로, 총 3권이며 청淸나라 육차운陸次雲이 편찬하였다. 상권은 묘족, 요족, 북僰족, 팔번八番족, 금치金齒족, 뤄뤄족, 여黎족 등의 민족 원류와 관련된 내용들을 서술하였고, 중권은 풍속을 하권은 현지의 동식물과 산물들에 대해 기록하였다. 저자인 육차운은 절강浙江 전당錢塘(오늘날의 절강 항현杭縣) 사람이며, 자는 운사雲士이다. 강희康熙 18년(1679)에 박사홍사과博士鴻詞科에 올랐으나 파면당했다가 후에 다시 겹현郟縣(오늘날의 하남성 소재) 등에서 지현知縣

그들은 연초에 반호에게 제사지내는데, 물고기를 나무구유에다 비비고, 구유를 치며 여럿이서 고함을 지르는 것을 예로 여긴다.

世首祭盤瓠, 揉魚肉於木槽, 扣槽群號以爲禮.

류시판劉錫蕃의 『영표기만嶺表紀蠻』[30]에는 이런 기록이 있다.

구왕에게는 오직 구요족이 제사지낸다. 매번 정월 초하루가 되면 집안사람들은 개를 업고 부뚜막을 세 번 빙글빙글 돈다. 그러고 나서 집안의 아들딸들로 하여금 개를 향해 절을 하게 한다. 이날 음식을 먹으면 반드시 구유를 두드리고 땅을 구르며 춤을 추고 먹어야 예를 다하는 것이었다.

狗王惟狗傜祀之. 每值正朔, 家人負狗環行爐灶三匝, 然後擧家男女向狗膜拜. 是日就餐, 必扣槽蹲地而食, 以爲盡禮.

이러한 풍속은 현대 세계 각지의 토템 집단이 잔치를 벌이면서 그 토템의 특성과 동작에 따라 분장하고 모방하는 것과 성격이 같다. 중국 고대에 이른바 '우보禹步'라는 일종의 외발이 춤은 원래 뱀이 뛰어오

을 지냈다. 학문을 좋아하고 시를 잘 지었다. 저작으로 『팔굉역사八紘繹史』, 『팔굉황사八紘荒史』, 『호연잡기湖蝡雜記』, 『북서서언北墅緖言』, 『징강집澄江集』 등이 있다.

30 【역주】 『영표기만嶺表紀蠻』은 민족사에 관한 저작으로 중화민국시기 류시판劉錫蕃(즉 류제劉介)의 작품이다. 상무인서관商務印書館에서 1934년에 간행되었다. 류시판은 영복永福 출신으로 1930년대 광서특종사훈연구소장廣西特種師訓研究所長을 역임하고 광서통지관廣西通志館에서 임직하며 변강의 민족연구를 중시하여 여러 차례 소수민족 지역을 답사하며 풍속에 관련된 자료를 널리 수집하고 연구하여 이 책을 썼다. 장壯·요瑤·묘苗 등 소수민족의 소속과 풍속습관, 경제, 문화발전 등에 대해 서술하였다. 특히 소수민족의 남쪽으로의 이주와 주거지역 및 집, 음식, 식기, 복식, 가족구성, 혼인, 상례와 장례, 언어, 민요, 토사土司제도 등에 대해 상세히 기록하고 있다.

르는 것을 모방한 것인데 역시 이런 종류에 속한다. 그들이 이렇게 해야 하는 까닭은 확실히 그 실질적 효과가 있기 때문이다. 무릇 토템은 모두 그 토템집단의 조상이며, 그 집단을 감독하고 보호하는 신이자 방어하고 지켜주는 자로, 토템은 그들에게 먹을 것을 주고 재앙을 쫓아주며, 예언을 내려 그들을 길한 방향으로 나아가고 흉한 일을 피하도록 이끌어준다. 만약 그 토템이 일종의 독충이나 맹수라면 훨씬 좋다. 그런 토템은 자손들을 위해 방어하고 보위해주는 임무를 훨씬 더 잘 할 수 있기 때문이다. 모든 조상은 당연히 누가 그의 자손인지 알고 있고, 그들의 모습과 목소리를 안다. 그러나 자손들이 너무 많으면, 조상이 일시적으로 소홀해져서 사람을 잘못 아는 것은 누구도 막을 수 없는 것이다. 그러므로 조상의 주의를 끌기 위해서는 자손들이 조상의 앞에서 토템의 특수한 자태와 동작, 소리를 따라 연습하여 조상의 기억을 상기시키는 것이 가장 좋다. 이것은 바로 앞에서 말한 요족이 구왕을 제사지낼 때 "구유를 두드리며 여럿이서 소리 지르며" 먹고 "우보"하는 목적이다. 조상의 주의를 확보하는 또 다른 방법은 늘 토템의 특수한 모습을 따라 몸을 장식하여 조상이 언제 어디서나 바로 알아볼 수 있게 하는 것이다. 이런 수단을 대표하는 실례로는 우리가 곧 논의할 용 토템의 '단발과 문신', 즉 머리를 짧게 깎고 몸에 문신을 새기는 풍속이다.

오마바스인Omabas(阿瑪巴人) 중 '거북이' 부족은 머리카락을 거북이의 껍데기와 같은 모양으로 자르고, 사방을 여섯 가닥으로 나누어 머리를 땋는데, 거북이의 네 다리와 머리, 꼬리를 나타낸다. 새의 부족은 이마 위에 새의 부리 모양으로 머리를 빗고, 어떤 사람은 또 가슴 뒤쪽으로 땋은 머리를 늘어 뜨려서 새의 꼬리를 나타낸다. 두 귀에는 머리카락을 두 다발로 빗는데, 새의 두 날개를 나타낸다. 때때로 몸에다 갖가지 무늬를 새겨 넣기도 하는데, 그 토템의 형태와 비슷해지려고 힘써 노력한다.

— 후위지胡愈之 역, 『토테미즘圖騰主義』,³¹ 30쪽

중국 고대에는 머리를 짧게 깎고 몸에 문신을 하는 몇몇 유명한 민족이 있었는데, 그 장식하는 목적은 용의 형상을 모방하는 것이었다.

구의산 남쪽에는 육지에 관한 일이 적고 물에 관한 일이 많다. 그래서 사람들은 머리를 풀어헤치고 피부에다 문신을 하는데 비늘 있는 동물의 모양을 한다.

九疑之南, 陸事寡而水事衆, 於是民人剴[32]發文身, 以像鱗蟲.

—『회남자』「원도훈原道訓」

문신했다는 것은 그 몸에 그림을 새겨서 그 안에 먹을 들여 교룡의 모습을 만든 것인데, 물에 들어가도 교룡이 해치지 않아서 고로 '비늘 있는 동물의 모양을 한다'고 한 것이다.

文身, 刻畫其體, 內墨其中, 爲蛟龍之狀. 以入水, 蛟龍不害也. 故曰以像鱗

---

31 【역주】 이 책의 원작은 모리스 베송Maurice Besson의 *Le Totémisme*(Paris : éditions Rieder, 1929)인데, 중국에서는 후위지胡愈之가 번역하여 1932년 개명서점開明書店에서 처음 출판되었다.

32 '찬剴'은 본래 '피被'자의 오류이다. 왕인지王引之의 교정에 따라 수정한다.

蟲也.

— 위의 글에 대한 고유 주

제발이 이렇게 말했다. "저 월나라는 (…중략…) 저 바닷가에 살면서, 울타리처럼 그대들을 막아 주며 살고 있을 뿐이오. 특히 그곳에서는 교룡과도 싸우며 살아가야 하기 때문에 머리를 짧게 깎고 문신으로 화려하게 무늬를 넣어 용의 아들처럼 꾸미고 있소. 이는 바로 수신의 재해를 피하기 위함이오."

諸發曰, "彼越 (…중략…) 處海垂之際, 屛外蕃以爲居. 而蛟龍又與我爭焉. 是以翦發文身, 爛然成章, 以像龍子者, 將避水神也."

—『설원』「봉사奉使」

(월인들은) 문신과 단발로 교룡의 해를 피한다.

(粤人)文身斷發, 以避蛟龍之害.

—『한서漢書』「지리지地理志」하下

월인들은 피부에다 바늘로 찔러 용무늬를 넣는데 용을 떠받들기 때문이다.

越人以箴刺皮爲龍文, 所以爲尊榮之也.

—『회남자』「태족훈泰族訓」허신許愼 주

월인은 늘상 물에서 지내기 때문에 머리를 짧게 깎고 문신을 하여 용의 아들처럼 꾸민다. 고로 상해를 입지 않는다.

(越人)常在水中, 故斷其發, 文其身, 以象龍子. 故不見傷害也.

—『한서』「지리지」 하 응소應劭 주

(애뢰)족 사람들은 모두 그 몸에 용무늬를 새겨 넣는다.

(哀牢)種人皆刻畫其身, 像龍文.

—『후한서』「서남이전西南夷傳」

『회남자』·『설원』과 반고·고유·응소 등은 모두 문신의 동기를 교룡의 해를 피하려는 것이라고 여긴 점에서 일치한다. 그중『설원』에 기록된 월인越人 제발諸發의 이야기는『한시외전韓詩外傳』[33] 8(여기서는 '제발諸發'을 '염계廉稽'라고 하였다)에도 보이는데,『한시외전』과『설원』은 고서를 적록摘錄한 전형적인 책들이므로 이 이야기도 분명 선진시대 고적에서 비롯되었을 것이다. 문신이 재해를 피하기 위한 것이라는 견해는 문신을 행한 월인들 스스로의 해석인 듯하고, 그래서 이 자료는 매우 귀중하다. 따라서 이에 대해 자세히 분석해 보자.

왜 용 모양으로 장식을 한 것이 교룡의 피해를 입지 않기 위해서 일까? 사람들이 용 모양으로 위장하는 것이 진짜 용과 어느 정도나 비슷

---

33 【역주】『한시외전韓詩外傳』은 한漢나라 때의 학자 한영韓嬰(생몰년 미상)이 지은『시경詩經』에 관한 책이다. 서한 초기 금문경학자였던 한영은 당시 연燕나라 일대에서『시경』을 가르쳤는데, 그가 풀이하고 가르친 것을 특별히 그의 성을 따서 '한시韓詩'라고 불렀다. 한시는 제시齊詩, 노시魯詩와 함께『시경』의 삼가三家를 형성하며, 한나라 초 시경학의 주류가 되었다. 그 당시『시경』은 시 특유의 비유나 함축성 등으로 인해 그 의미가 난해해지는 한편, 인성교육에 필수적인 교양서로서 자리 잡아 가고 있었다. 한영은 그 사상적 깊이를 놓치지 않으면서도, 다가가기 쉽고 감흥이 있게 풀이했다.『한시외전』은 총 10권, 310장으로 이루어져 있다.『한시외전』은 춘추시대의 역사 이야기는 물론이고, 민간의 잡다한 이야기나 제자백가서에 실린 이야기 등을 폭넓게 인용하면서『시경』의 구절을 직접 들어 그 뜻을 인증하는 형식으로 구성되었다.

할 수 있을까? 용이 과연 진짜로 그렇게 쉽게 속아 넘어갔을까? 또한 물속에서 사람을 해칠 수 있는 것이 용 한 종류만 있는 것은 아니다. 월인들이 설사 "늘상 물속에 있"더라도, 평생 육지로 올라오지 않을 수는 없는데, 육지에서 사람에게 해를 입히는 호랑이나 표범 같은 종류에 대해서는 어째서 전혀 경계하는 마음이 없었을까? 그러므로 단발하고 문신하는 것에는 아마도 많은 이유가 있고, 또 다른 심층의 의미가 있을 것이다.

용이 월인들에게 해를 입히지 않았다는 것은 아마도 월인들의 분장에 속아 넘어가서가 아니라, 기꺼이 그렇게 해주고 싶은 마음에서였을 것이다. 월인들의 분장도 용을 속이려는 마음이라기보다, 일종의 정성스런 마음의 표현이라고 할 수 있다. 바꿔 말하자면 '머리를 짧게 깎는 것과 문신'은 토테미즘적 원시 종교 행위의 일종이다. (토템숭배는 여전히 단순한 종교의 일종이다.) 그들이 짧은 머리와 문신으로 용의 모습을 따라한 것은 용이 그들의 토템이기 때문이다. 달리 말하자면 스스로를 '용의 종류'에 속하며 '용의 성질'을 지니고 있다고 믿기 때문에 그들은 짧은 머리와 문신으로 '용의 모습'을 따라하는 것이다. 제발이 말한 "용의 아들처럼 꾸민다"는 것은 본래 이름이 실제로 '용의 아들'인데 단지 모습이 그다지 닮지 않았기 때문에 "머리를 짧게 깎고, 문신을 하여" 용의 모습을 따라했다는 것을 말하는 것이다. '짧은 머리와 문신'이 그저 형식을 완성하는 일종의 수단이라면, 엄밀히 말해 그런 일은 그다지 중요하지 않다. 만약 어떤 사람이 본래 '용의 아들'이 아니라면, 단발과 문신을 하였다 해도 해를 피할 수는 없다. 반대로 어떤 사람이 본래 '용의 아들'이라면 단발과 문신을 하지 않았다고 해도, 용은 해를 입히지 않는다.

그러나 이것은 순전히 이론적인 주장이다. 실제로는 그래도 '용의 아들'이라는 신분을 명백히 드러내는 것이 타당하며, 그 이유는 위에서 이미 언급하였다. 또한 용은 바로 그들의 토템이고, 그들도 토템이 바로 그들의 조상이라고 확신했으니 왜 그들이 교룡이 그들에게 해를 입힐 것이라고 걱정하겠는가? 세상에 조상이 자신의 자손에게 해를 입히는 일이 어디 있겠는가?

그렇다면 머리를 짧게 깎고 문신을 하는 목적은 분명히 조상이 실수로 해를 입히는 것을 피하기 위한 것임과 동시에 조상이 스스로를 보호하여 다른 제3자가 자신을 해치지 못하게 하기 위해서일 것이다. 처음에는 아마 전자보다 후자의 의의가 더 중요했을 것이다. 이상에서 '단발과 문신'의 해석은 '재해방지설'이라고 칭할 수 있다. 이런 것이 단발과 문신의 진실한 동기와 기원을 완전히 설명해 줄 수는 없지만, 그 가운데 드러나는 토템숭배의 배경은 명백하다. 예를 들어 "항상 물속에 있다", "그곳에서는 교룡과도 싸우며 살아가야 한다"라고 한 것은 스스로 물속에 사는 생물이라고 말하는 것과 다름없다. 또한 '용자龍子'라고 말한 것은 훨씬 담백하게 '용의 아들'임을 인정한 것이다. "수신의 재해를 막기 위해서"라고 말한 것에서도 역시 그 용이 일상적 생물이 아니고 신성을 지닌 것임을 알 수 있다.

허신許愼이 "피부에 용 무늬를 새긴 것은 존귀하게 여기기 때문이다"라고 말한 것은 '존영설尊榮說'이라고 부를 수 있다. 이 견해는 토템과 무관한 듯하지만, 사실 상관이 있다. 현대인의 관점으로 보자면 사람은 결코 파충류와 닮은 것을 존귀하게 여기지 않는데, 존귀하게 여겼

이 되었지만, 얼굴은 바꿀 방법이 없었으니 이것이 결국 다름 아닌 인수사신이 아닌가? 이제 지식이 진보하여 '동종 불변의 법칙'(같은 종은 같은 종을 낳는다)에 근거하여 자신과 시조가 같은 모습이었다는 관념이 생겨났다. 즉 자기 모습에 따라 조상을 추상해내는 것이니, 자신의 모습이 반인반수라면 당연히 시조도 반인반수가 되는 것이다. 이렇게 전적인 짐승형 토템에서 반인반수형의 시조로 변화 탈태하는 것을 '짐승의 의인화'라고 칭할 수 있다. 이것이 두 번째 단계이다. 이 단계에서 아마도 문신의 습속이 아직 존재했을 것이다. 혹은 그 습속을 버리게 된지 얼마 되지 않았을 것이다. 문신의 습속이 완전히 흔적을 감추고 심지어 기억조차도 희미해지자, 시조의 모습도 완전한 인간의 형태로 변하게 되었는데 이것이 세 번째 단계이다.

물론 하나의 새로운 단계가 생성될 때마다 이전 단계의 관념이 전부 사멸되는 것은 아니다. 몇 가지 관념이 병존할 때에는 감각의 모순을 피할 수 없으며 모순은 결국 어떤 방법을 세워 조정해야 한다. 조정하는 방법은 여러 가지인데 여기서는 비교적 적절한 예를 한 가지만 들어보겠다. 전설에서 우禹는 원래 용이다.(이에 대해서는 뒤에서 상술하겠다.) 「천문天問」에서 "응룡은 무엇을 그렸는가? 강과 바다는 어떻게 흐르게 된 것일까?"라고 한 것에 왕일 주注에는 "우가 홍수를 다스릴 때, 신룡이 꼬리로 땅에 그림을 그렸는데 물길을 인도하여 터주었기에 홍수를 다스릴 수 있었다"고 했다. 여기서 땅에 그림을 그려 강을 이루었다는 용은 사실 우 자신이며, 땅에다 그려서 강을 이룰 수 있었다는 것은 곧 우가 강과 하천을 소통시켰다는 것이다. 토템인 용으로서의 우가 시조인 인간으로서의 우와 병존하는 모순이 생기게 되니, 용을 우의 스승으로 보내 우가 치수하는 방법을 용에게서 배웠다고 말한 것이다.

홍수이야기 22에서는, 홍수가 물러간 후 단지 누이와 남동생 둘만 남았다고 했다. 남동생은 도마뱀이 교미하는 것을 보고 누나에게 알렸고, 두 사람은 결합하여 부부가 되었다. 나중에 쌍둥이를 낳았으니 이들이 곧 현대 인류의 시조이다. 여기서 교미하는 도마뱀은 사실상 누나와 남동생 두 사람이다. 이야기가 만들어진 것은 역시 토템인 도마뱀과 시조인 남매의 두 가지 견해를 조정하기 위한 것이다. 이 이야기의 형식과 우가 용에게 치수를 배운 이야기는 바로 같은 유형이다.

토템과 '타부'는 분리할 수 없는 것이다. 문헌에서 용과 뱀에 관한 전설과 설화 중 '타부'로 해석할 수 있는 것은 사실 적지 않다. 앞에서 인용한 제 환공이 위사委蛇를 본 것과 손숙오가 쌍두사를 죽인 두 가지 이야기도 모두 그런 이야기이다. 그러나 타부에 관해 이야기하는 것은 다른 단서가 필요한 듯하며 말하자면 길다. 이는 본문의 편폭이 허락하지 않으므로 이후에 다시 토론하기로 하자.

4. 용 토템의 우세한 지위

만약 우리가 중국 고대에 토테미즘의 사회형식이 있었다고 인정한다면, 당시 토템부족은 분명 많았고, 많아서 수를 헤아릴 수 없을 정도였을 것이다. 우리는 앞에서 오늘날 용이라고 하는 것은, 원시시대의 용(일종의 뱀) 토템이 많은 방계토템을 겸병하여 형성된, 일종의 종합식 허구생물이라고 언급하였다. 이 종합식 용 토템부족이 포괄한 하부단위는 아마 고대에 소위 '제하諸夏'와 적어도 그들과 동성인 몇몇 이적夷狄이었을 것이다. 그들은 처음에는 모두 황하유역 상류, 즉 고대 중원의 서부에서 살았다가 나중에 아마도 동방의 새 토템인 상商 민족의 압박을 받아 일부분이 북쪽으로 천도하였는데 이가 바로 후대의 흉노匈奴이고, 일부는 남쪽으로 옮겨왔는데 이가 바로 주나라 초기 남방의 형초荊楚·오월吳越의 각 만족蠻族으로 현재의 묘족은 그 일부의 후예이다. 원래 살던 곳에 남아 있던 일부분은 한바탕 상나라 사람들에게 정복되어 정치세력이 잠시 쇠약해졌으나 그 문화세력은 시종 변함없이 굳건했을 뿐만 아니라, 중국 4천 년 문화의 핵심을 이루었다.

비록 동방 상 민족의 중국고대문화에 대한 공헌이 크긴 하지만, 중국의 문화는 결국 용 토템부족(아래에서는 용족으로 약칭한다)의 제하諸夏를 기초로 삼는다. 용족龍族의 제하문화라야 중국의 진정한 본위문화이다. 그래서 수천 년 동안 중국은 스스로를 '화하'라고 불러왔고, 역대 제왕은 모두 용의 화신이라 했으며, 용을 그 상징 부적으로 삼아 그들의 깃발, 궁실, 수레와 복식, 기물 등 일체의 것들에 모두 용의 무늬가 조각되거나 그려졌다. 결국 용은 중국인들의 건국 상징이다. 민국 성립에 이르러 군주제가 소멸됨에 따라 이 관념도 버려지게 되었다. 그러나 버려졌다고 말하는 것은, 실제로 버려진 것이 아니다. 바로 정치체제에 있어서 민주주의가 군주제를 대체했듯이, 종전에 제왕의 상징이었던 용이 현재는 모든 중국인의 상징으로 변한 것이다. 아마 이런 현상은 중국인들 자신도 자각하지 못할 것이다. 그러나 일단 당신이 중국 밖으로 나가서 일부러 당신의 생활 속의 '중국스타일'을 강조하려한다면, 당신은 분명 용 문양을 많이 써서 당신의 복식과 내부 장식을 온통 용으로 꾸며 놓을 것이다. 그때 당신은 거의 옛 제왕으로 자처하는 것이다.

역사를 거슬러 올라가 보자. 결국 어느 고대민족이나 민족영웅이 용족에 속했는가? 풍성風姓의 복희씨, 고대의 인수사신신, 근대에 복희 여와를 나공 나모를 받들어 모신 묘족 등은 말할 필요도 없다. 하나라와 동성인 포襃나라의 신군 두 마리 용의 이야기는 우리들도 인용했으므로 이 역시 문제가 되지 않는다. 월인들이 "머리를 짧게 깎고 문신을 하여 용의 아들처럼 하였"고 또한 전해지는 말로 우의 후손이 되었다고 하니, 즉 포와 같은 근원에서 나온 것으로 용족이라는 것은 의심할 필요가 없다. 이밖에도 또 몇 가지 용 토템의 대부족이 있는데 참고로 삼을 만한 몇몇 부족을 아래에서 나누어 서술해 보자.

1) 하夏

하夏가 용족이었다는 것은 아래 일곱 가지 사례로 증명할 수 있다.

① 전설 속의 우禹 자신이 용이었다. 「해내경」주에서 『귀장歸藏』「계서啓筮」를 인용하여 이렇게 말했다.

> 곤이 죽었는데 삼 년이 지나도록 시체가 썩지 않았다. 오도로 가르니 황룡으로 변하였다.
>
> 鯀死, 三歲不腐. 剖之以吳刀, 化爲黃龍.

『초학기初學期』 22와『노사』「후기」주 12에서는 이 끝 구절을 인용하며 "이렇게 하여 우가 태어났다(是用出禹)"라고 하였다. 우가 용이기 때문에『열자列子』「황제黃帝」에서는 하후씨 역시 "뱀의 몸에 사람의 얼굴(蛇身人面)"이라고 하였다. 응룡이 땅에 그림을 그려 강을 이루었다는 것이 사실 우가 강물을 뚫어 소통시킨 것이라는 것은 이미 상술하였다.

② 전설 속에서 하후씨에게 용의 상서로움이 있었다는 것이 많이 언급된다.『사기』「봉선서封禪書」에서 "하나라가 목덕을 얻으니, 청룡이 교외에 머물렀다(夏得木德, 靑龍止於郊)"고 하였다.『상서대전尙書大傳』에서 우가 선양받을 때의 상황을 다음과 같이 묘사했다.

이에 팔풍이 순통하니 상서로운 구름이 모여들고, 반룡이 분주히 거처에서 쏟아져 나왔고, 교룡과 물고기들이 그 연못에서 뛰어놀고, 거북과 자라들이 그 구멍에서 모두 쏟아져 나오고, 순임금(우虞지역)에게 옮겨오고 하나라를 섬겼다.

於是八風循[34]通, 慶雲叢聚, 蟠龍奮迅於其藏, 蛟魚踴躍於其淵, 龜鱉咸出其穴, 遷虞而事夏. (이것은 아마도 후대의 용어만연지희魚龍漫衍之戲일 것이다.)[35]

---

[34] '순循'은 원래 '수修'자의 오류이다.

[35] 【역주】'어룡만연지희'라고도 하며 고대 백희百戲 중의 하나이다. 예인이 진기한 동물모형을 들고 공연을 한다. 저자는 교룡과 물고기들이 모여든 것을 어룡만연지희라고 보았지만 일반적으로 여기에서 말하는 어룡이라는 것은 스라소니라고 불리는 동물이라고 하며, '만연' 역시 짐승의 이름이라는 해석도 있다.『수서隋書』「음악지音樂志」, 송 진제옹陳濟翁의「맥산계驀山溪」, 청 황준헌黃遵憲의「술문述聞」등에 관련 기록이 보인다.

용은 물에 사는 짐승들의 우두머리이기 때문에 용왕이 선양 받을 때 교룡, 물고기, 거북이 자라 등의 무리가 모두 그렇게 기뻐하며 음악을 연주하고 춤을 추었을 것이다.

③ 하나라 사람의 기물에는 용 장식이 많았다. 『예기』 「명당위」에서 는 "유우씨의 기, 하후씨의 유(有虞氏之旂, 夏后氏之綏)"라고 한 것에 대해 정현 주에서 "유우씨가 유이고, 하후씨가 기라고 해야 한다(有虞氏當言 綏, 夏后氏當言綏旂)"라고 한 것은 매우 정확하다. 『주례』 「사상」에서 "교 룡으로 기를 만든다(交龍爲旂)"라고 했고 「명당위」에서 또 "하후씨는 용 모양으로 술국자를 만든다(夏后氏以龍勺)", "하후씨의 용 순거36(夏后氏之 龍簨虡)"라고 하였다. 원시인들의 기물상의 장식도 알고 보면, 종종 실 용적인 토템의 표시가 많지, 결코 순수한 심미의식은 없다.

④ 전설 속에 하후씨 여러 왕들은 용을 많이 탔다. 『괄지도』에서 우 가 두 마리 용을 탔다는 것은 위에서 인용했었다. 「대황서경」 주에서 『귀장』 「정모경(鄭母經)」을 인용하여 "하후계가 시초점을 치니, 나는 용 을 부려 하늘에서 탈 것이라고 했다(夏后啓筮御飛龍登於天)"라고 했다. 「해외서경」과 「대황서경」에서는 계(啓)가 두 마리 용을 탔다고 말하고, 『좌전』에서는 상제가 공갑에게 타고 다닐 용을 하사했다는 것 역시 모 두 앞에서 보았다.

---

36 【역주】 순거란 종(鍾)이나 경(磬), 북 등을 걸어놓는 틀을 말한다.

⑤ 하나라 사람들의 성과 우의 이름의 문자는 모두 용과 관련이 있다. 류스페이劉師培의 「사성석姒姓釋」에서는 ‘사姒’가 ‘사巳’와 같은 자이며, 사성姒姓은 사성巳姓(『좌암집』5)이라고 하였다. 실제로 ‘사巳’와 ‘사蛇’의 옛 자는 같다. 금문金文의 용龍자에는 ‘사巳’를 형부로 하는 것이 많다는 것은 앞에서 상술하였다. ‘우禹’자는 ‘충蟲’자를 형부로 하는데 ‘충蟲’자와 ‘충虫’자는 같은 자이다. ‘충虫’은 또한 갑골문에서 ‘사巳’와 같은 글자이며, 훼사虺蛇 등의 글자도 여기에서 비롯되었다. 다시 ‘사巳’를 ‘진사辰巳’라고 할 때의 ‘사巳’로 읽어보자. 사실 현재의 ‘진사辰巳’의 ‘사巳’자는 금문과 갑골문에서 ‘이연已然’이라고 할 때의 ‘이已’자이다. ‘이연已然’의 ‘已’와 ‘禹’는 쌍성雙聲이다. 소리가 비슷하면 의미도 비슷하므로 ‘우禹’와 ‘이已’는 모두 뱀의 이름인 것이다.

⑥ 우의 후예는 대부분 용족에 속한다.

> 우는 사성으로, 그 후예들을 분봉하였는데 나라이름으로 성을 삼아 (…중략…) 유포씨라고 하였다.
>
> 禹爲姒姓, 其後分封, 用國爲姓 (…중략…) 有褒氏.
>
> ―『사기』「하본기夏本紀」

> 월왕 구천의 선조는 우의 후손이며 하후 제 소강의 서자이다. 회계 땅에 봉해져 우의 사직을 받들어 지켰다.
>
> 越王句踐, 其先禹之苗裔, 而夏后帝少康之庶子也. 封於會稽, 以奉守禹之祀.
>
> ―『사기』「월세가越世家」

포와 월이 모두 용족이라는 것은 위에서 상술하였다. 또한「흉노열전
匈奴列傳」에서 "흉노의 선조는 하후씨의 후손이다(匈奴, 其先祖夏后氏之苗裔
也)"라고 하였는데 흉노 역시 용족이라는 것은 뒤에서 상술하겠다.

⑦ 우와 복희는 같은 성이다. 우의 아내인 도산씨塗山氏는『사기』「하
본기」, 색은索隱에서『세본世本』을 인용하여 말하길 "도산씨의 이름은
여와이다(塗山氏名女媧)"라고 하였다.『회남자』「남명훈」에서는 여와가
"갈대 재를 쌓아서 홍수를 막았다(積蘆灰以止滔水)"라는 말이 있고,『용
성집선록墉城集仙錄』37에서는 도산씨가 우의 치수를 도운 일이 매우 상
세하게 기술되어 있다. 보자면『세본』의 '와媧'자가 꼭 판본이 전해지
면서 생긴 오류라고는 할 수 없다. 당초에 혹 진짜로 이런 설이 있지 않
았을까? 앞에서 일부를 인용했던『습유기拾遺記』38에서 우가 복희를 만
난 이야기의 자세한 내용은 다음과 같다.

---

37 【역주】『용성집선록墉城集仙錄』은 당唐나라 때 두광정杜光庭이 집필한 도교 신선 전기집
   이다. 원래는 10권이고 여자 신선 109명의 전기를 수록했으나 현재는 사라졌다.『도장道
   藏』본은 여섯 권이고 성모원군聖母元君, 금모원군金母元君, 상원부인上元夫人, 소령이부인
   昭靈李夫人 등 37명의 여선의 사적을 담고 있다. 전해지는 말로는 서왕모西王母가 사는 곳
   이 금용성金墉城이며 여자 신선들은 서왕모 아래 소속되기 때문에 이에 근거하여 제목을
   정했다고 한다.『정통도장正統道藏』동신부洞神部 보록류譜錄類에 수록되었고, 또『운급
   칠첨雲笈七籤』권114~116에도 3권이 수록되어 있다.『운급칠첨』본에는 서왕모에서 시
   작하여 여선 27명의 사적을 기록하여 차이가 난다.『사고전서총목제요四庫全書總目提要』
   에서는 이것이 두광정의 원본이고, 나중에 사람들이 여기에다 다른 책의 내용을 덧붙였
   다고 보았다.
38 【역주】『습유기拾遺記』는 10세기 후진後晉의 왕가王嘉가 지은 책으로 총 10권 220편으로
   이루어져 있다. 삼황오제三皇五帝부터 서진西晉 말 석호石虎의 이야기까지 중국의 여러
   가지 전설을 모아서 만든 지괴志怪 소설집이다. 원본은 전하지 않고, 현재 전하는 것은
   양梁나라 소기蕭綺『한위총서漢魏叢書』에 수록되어 있는 내용을 추린 것이다.

우가 용관지산 ─ 용문이라고도 함 ─ 을 뚫을 때 한 동굴에 이르렀는데, 깊이가 수십 리였고, 아득하고 어두워 더 이상 갈 수가 없었다. 우는 이에 불을 등에 지고 나아갔다. (…중략…) 한 신을 보았는데 뱀의 몸에 사람의 얼굴을 하고 있었다. 우는 그와 이야기를 하였다. 신은 우에게 팔괘도를 동판 위에 펼쳐 보여주었다. 여덟 명의 신이 곁에서 시중을 들고 있었다. 우가 말했다. "화서씨가 성자를 낳았다는데, 그가 당신입니까?" 신이 대답했다. "화서씨는 구하신녀로 나를 낳았소"라고 했다. 이에 옥간을 찾아 우에게 주었는데 길이가 1척 2촌이며 12시의 척도와 합치되어 이것으로 천지를 잴 수 있었다. 우는 이 옥간을 들고 홍수를 평정하였다. 뱀의 몸을 가진 신은 희황이었다.

禹鑿龍關之山 ─ 亦謂之龍門 ─ 至一空岩, 深數十里, 幽暗不可復行. 禹乃負火而進, (…중략…) 見一神, 蛇身人面. 禹因與語. 神卽示禹八卦之圖, 列於金版之上. 又有八神侍側. 禹曰, "華胥生聖子, 是汝耶?" 答曰, "華胥是九河神女, 以生余也." 乃探玉簡授禹, 長一尺二寸, 以合十二時之度(數), 使量度天地. 禹卽執持此簡, 以平定水土. 蛇身之神卽義皇也.

이것에 근거하면 우가 홍수를 다스린 방법은 구하신녀九河神女 화서華胥의 아들인 복희伏羲가 전수한 것이었다. 「봉선서」에서는 하나라를 목덕이라고 하였고 청룡의 상서로움이 있다고 했는데(위에서 상술하였다), 목덕과 청룡은 보두 복희이기 때문에 『예계명징禮稽命徵』에서는 "우가 인월을 정월로 삼고 복희를 받들어 모셨다(禹建寅, 宗伏羲)"(『개원점경』 「용어충사점」에서 인용)라고 하였다. 우와 복희, 도산씨와 여와의 결합은 쌍방이 모두 용 토템에서 비롯되었기 때문이 아닐까?

『사기』는 분명히 포국褒國이 우의 후예라고 말했는데 『잠부론潛夫論』에서는 다시 복희의 후손이라고 하였다. 포국의 '포褒'는 본래 '포㔻'로도 쓴다. (『춘추세족보春秋世族譜』와 『노사路史』「국명기國名紀」 정丁에서 인용한 『맹회도盟會圖』1에서 '포㔻'라고 썼다.)『노사』「후기」1 주에서 인용한 『잠부론』에서는 "태호의 후손으로는 포나라가 있는데 사성이다(太昊之後有㔻國, 姒姓)"라고 했다. 『노사』「국명기」갑甲 주에서도 인용하여 "하나라는 복희의 후예들을 봉했다(夏封伏羲之後)"라고 했다. 『잠부론』에서 말한 포국㔻國이 포국褒國이라는 것은 전혀 문제가 되지 않는다. 그러나 복희는 본래 풍風성으로 "하나라에서 복희의 후손을 봉했다"는 것이 복희의 후손이 사성姒姓이 되는 이유를 해석하는 것은 정말 견강부회이다. 사실 사姒와 풍風은 본래 한 가지 성이고, 우와 복희는 원래 한 집안 사람이다. 사姒성이 사巳성이라는 것에 대해서는 이미 위에서 상술하였다. '풍風'자는 '충虫'자를 형부로 하고 '충虫'과 '사巳'는 갑골복사에서 같은 자이다. 원래 옛사람들이 말한 '풍성風姓'이나 '사성巳姓'은 지금의 언어로 풀이하면 모두 '뱀이 낳은 자'('생生'은 '성姓'의 옛 글자이다)이다.

여기에는 한 가지 중요한 관념이 있으니 명확히 밝혀야만 하겠다. 고대에 이른바 성이라는 것은 그 기능이 한 사람의 내력을 설명하는 데에만 있었다. 즉 후세의 족보와 비슷하여 필요할 때에만 거론되었지 결코 오늘날처럼 입만 열면 사람을 부르는 말 즉 '왕선생', '이선생'이라 해야 하는 것과는 달랐다. 어차피 항상 입으로 말하는 호칭이 아닌 이상, 뜻이 맞으면 그냥 썼지 발음은 전혀 관계없었다. 예를 들어 내가 어떤 사람을 '뱀이 낳은 자'라고 말하고 당신이 그를 '긴 파충류가 낳은 자'

라고 말해도 우리는 서로 부딪히지 않고, 제삼자가 들어도 아무런 오
해도 생겨나지 않는다. 결국 풍風과 사巳(사姒)는 동의자이고, 복희와 우
는 동성이다. 그러므로 포국庖國은 사姒성이면서 풍風성이고 우의 후손
이며 복희의 후손인 것이다. 소위 같은 성은 같은 토템이니, 복희의 토
템이 용이면 우의 토템이 무엇인지도 해결되는 것이다.

2) 공공共工

공공도 사람의 얼굴에 뱀의 몸이었다고 전해지는데 그 증거는 다음
과 같다.

공공은 사람의 얼굴에 뱀의 몸에 붉은 머리털을 지녔다.
共工人面蛇身朱髮.

— 「대황서경」 주에서 인용한 『귀장』「계서」

공공은 천신으로 사람의 얼굴에 뱀의 몸을 하였다.
共工, 天神, 人面蛇身.

— 『회남자』「지형훈墜形訓」 고유 주

서북쪽 황야에 어떤 사람이 있는데 사람의 얼굴에 붉은 머리털을 하고,
뱀의 몸에 사람의 손과 발을 지녔으며, 오곡을 먹고 금수처럼 둔하고 어리
석은데 이름을 공공이라 하였다.

西北荒有人焉, 人面朱髥(髮), 蛇身人手足, 而食五穀, 禽獸頑愚, 名曰共工.

—『신이경神異經』

이 밖에도 세 가지 방증 자료가 더 있다.

① 공공씨의 아들은 구룡句龍이라 하였다. 『좌전』「소공 29년」에서 채묵蔡墨이 말하길 "공공씨의 아들은 구룡이라 하였는데 후토가 되었다(共工氏有子曰句龍, 爲后土)"라고 하였다.

② 공공씨의 신하는 사람의 얼굴에 뱀의 몸을 하였다.

공공씨의 신하는 상류씨인데 (…중략…) 아홉 개의 사람 얼굴에 뱀의 몸을 하고 푸른색이다.
共工之臣曰相柳氏 (…중략…) 九首人面蛇身而靑.

—「해외북경」

공공의 신하 이름은 상요인데 (…중략…) 머리가 아홉에 뱀의 몸을 하고 스스로를 휘감고 있다.
共工臣名曰相繇 (…중략…) 九首蛇身自環.

—「대황북경大荒北經」

곽박은 상요가 바로 상류라고 하였다. 『광아』「석지釋地」에서는 "북방에 백성들은 아홉 개의 머리에 뱀의 몸을 하고 있는데 그 이름을 상요라고 한다(北方有民焉, 九首蛇身, 其名曰相繇)"라고 하였다.

③ 공공은 웅훼雄虺이다. 「천문」에 "강회가 크게 노하였는데, 땅은 어찌하여 동남쪽으로 기울었는가(康回馮怒, 墜何[39]以東南傾)"라고 한 것에 왕일 주에서는 "강회는 공공의 이름(康回, 共工名也)"이라고 하였다. '강康'과 '용庸'은 모두 성부가 '경庚'으로 옛글자가 통용되었다. 그래서 『사기』「초세가楚世家」에서 "웅거는 (…중략…) 이에 그 장자 강을 구단왕으로 세웠다(熊渠 (…중략…) 乃立其長子康爲句亶王)"라고 한 것에 「색은」에서는 『세본』의 '강康'자를 인용하여 '용庸'자로 썼고, 『진저초문秦詛楚文』에서 "지금의 초왕 웅상 강회는 무도하다(今楚王熊相康回無道)"라 한 것에 동유董逌는 (강회를) '용회庸回'로 풀었다. 「천문天問」의 '강회'는 「요전堯典」의 '용위庸違'이다. 그러나 「요전」의 그 두 글자는 아직 읽어서 이해된 적이 없는 듯하다. 원문은 다음과 같다.

임금께서 말씀하셨다. "누가 나의 일에 순응하겠소?"

환두가 말했다. "공공이 인심을 모아서 공적을 보였습니다."

임금께서 말씀하셨다. "아니오. 평상시에 말 잘하는 용위(회)는 겉모습만 공순하게 꾸미고 있소. 아아, 사악이여. 넘실거리는 큰 물이 바야흐로 해를 끼쳐, 널리 산을 감싸 돌고 언덕을 넘어, 하늘까지 닿을 듯하오. 백성들이 이를 탄식하고 있으니, 이 일을 해낼 만한 사람이 있겠는가?"

---

39 '하何'뒤에는 원래 '고故'자가 잘못 덧붙여져 있는데, 『태평어람太平御覽』36과 『사류부주事類賦注』4에 따라 삭제했다.

모두들 말했다. "아아, 곤이 있습니다."

帝曰, "咨疇[40]若予采."

驩兜曰, "都! 共工方鳩僝(㸏)功."

帝曰, "吁! 靜言庸違(回), 象(像)恭(洪)滔天." 帝曰, "咨四岳. 湯湯洪水方割(害),[41] 懷山襄(囊)陵, 浩浩滔天. 下民其咨, 有能俾乂?"

僉曰, "於鯀哉."

『국어國語』「주어周語」하下에서 영왕靈王의 태자 진晉은 이렇게 말한다.

옛날 공공씨는 (…중략…) 온갖 강물을 막아놓고, 높은 산을 허물어 낮은 곳을 메워 천하를 해롭게 하니 하늘의 재앙과 인간의 재앙이 모두 생겨나, 공공씨는 이 때문에 망하였습니다. 이렇게 하여 순임금 때가 되어 숭백 곤이 있었는데 그는 자신의 어지러운 마음을 방종하여 공공과 같은 잘못을 저질렀습니다.

昔共工氏 (…중략…) 壅防百川, 墮高堙庳, 以害天下, 禍亂并興, 共工用滅. 其在有虞, 有崇伯鯀, 播其淫心, 稱遂共工之過.

「요전」의 말은 「주어」와 완전히 서로 증거가 된다. '잔僝'은 당연히 '천㸏'으로 읽을 수 있으니『설문』에서는 "잡목으로 물을 막는 것이다

---

40 '자주咨疇' 두 글자는 원래 '주자疇咨'라고 되어 있지만 단옥재段玉裁 주 을乙에 따라 바로 잡았다.

41 '회懷' 앞에는 원래 '탕탕湯湯'이라는 두 글자가 잘못 덧붙여져 있었지만 장림臧琳의 의견에 따라 삭제하였다.

(以柴木壅水也)”라고 하였다. “方鳩栺功”이란 「주어」의 “온갖 하천을 막는 것(壅防百川)”[42]과 같은 것이다. ‘상象’은 ‘상潒’의 (편방이) 생략된 것이고, ‘상潒’은 ‘탕蕩’자이다. ‘공恭’은 당연히 ‘수水’를 부수로 하여 ‘洓’으로 써야 하는데 이것은 ‘홍洪’의 별체자이다. ‘도천滔天’은 아래 문장의 ‘浩浩滔天’으로 홍수를 가리킨다. “홍수가 하늘에까지 넘쳤다(潒洪滔天)”는 것은 『회남자』 「본경훈」에서 말한 “공공이 홍수를 일으켜 공상空桑까지 출렁거렸다”는 것이고, 「주어」에서 “害天下”도 이 일을 말하는 것이다.[43] ‘용위庸違’는 당연히 『좌전』 「문공 18년」과 『논형』 「회국恢國」, 『잠부론』 「명암明暗」, 『오지吳志』 「육항전陸抗傳」에서 ‘용회庸回’로 쓴 것에서 비롯된 것이다. 그러나 『좌전』이래로 모두 ‘용회’를 ‘용사用邪’로 해석하여 『사기』 「오제본기」에서도 ‘용벽用僻’의 뜻으로 풀었으니 이건 정말 크게 잘못된 것이다. (그 이후로 아래 구절의 ‘潒恭滔天’에 대한 각종 해석 역시 매우 우스꽝스럽다.) 사실 ‘용회’는 ‘潒洪滔天’의 주어로, ‘공공共工’이 ‘方鳩栺功’의 주어인 것과 같고, 용회와 공공은 동일인이다. 「천문」과 「초혼」에는 모두 “웅훼구수雄虺九首”라는 말이 있는데 학의행은 이것이 바로 『산해경』의 “머리가 아홉에 뱀의 몸”인 상류相柳라고 했는데 참 맞는 말이다. 사실 공공의 신하와 공공은 그래도 같아서, 상류의 머리가 아홉이면 공공도 머리가 아홉일 수 있다. ‘웅훼雄虺(xionghui)’와 ‘용회

---

42 『광아廣雅』 「석기釋器」에서는 “灋, 潗, 栺也”라고 했다. 「천문天問」에서는 곤鯀의 일을 물으며 “僉曰可(원래는 하何의 오자이다)憂, 何不課而行之”라고 말했는데, 우憂는 우優자이다. 공공이 물을 막은 것을 천栺이라 하고, 곤鯀이 물을 막은 것을 우優라고 하는데, 천栺과 우優는 글자는 다르지만 의미는 같아 서로 증거가 된다.
43 서문정徐文靖은 ‘도천滔天’이 뒤에 이어지는 ‘호호도천浩浩滔天’일 것이라고 보았지만 여전히 ‘상공象恭’이라는 두 글자에 대해서는 풀지 못했다.

庸回(yonghui)’의 발음은 비슷하니 ‘웅훼구수’란 바로 공공이다. 공공은 사람의 얼굴에 뱀의 몸을 하였기 때문에 웅훼雄虺라고도 칭해지는 것이다. ‘용회庸回’는 ‘웅훼雄虺’의 성가자聲假字이고 ‘강회康回’는 ‘용회庸回’의 이문이다.

3) 축융祝融

「정어」에 의하면 축융의 후손은 여덟 가지 성이 있고(『사기』 「초세가」 색은에서 인용한),『세본』과『대대례기』「제계성帝系姓」에서는 여섯 가지 성이 있다고 하였다. 「정어」 위소 주에 의하면 여덟 가지 성은 다섯 가지 성으로 병합될 수 있다. 그 각각의 견해를 대조하여 표로 나타내보면 다음과 같다.

〈표〉「정어」,『세본』,「제계성」,「초세가」,「정어」 위소 주에 나타난 축융의 후손

정어鄭語	세본世本	제계성帝系姓	초세가楚世家	위주韋注
사已(곤昆, 오吾, 소蘇, 고顧, 온溫, 동董)	번樊(昆吾이다)	번樊(昆吾이다)	곤오昆吾	사已(董은 已의 別封)
동董(종이豰夷, 환룡豢龍)				
팽彭(팽조彭祖, 시위豕韋, 제계諸稽)	전갱箋鏗(彭祖이다)	전箋(彭祖이다)	팽조彭祖	팽彭(禿은 彭의 別封)
독禿(주인舟人)				
운妘(오鄔, 증鄶, 로路, 구偪, 양陽)	구언求言(鄶人이다)	래언萊言 (鄶人이라고 한다)	회인會人	운妘
조曹(추거鄒莒)	안安(曹姓이다)	안安(曹姓이다)	조성曹姓	조曹(斟은 曹의 別封)

정어鄭語	세본世本	제계성帝系姓	초세가楚世家	위주韋注
짐斟(無后)	혜련惠連(參胡이다 —宋忠注에서는 斟姓이라고 함)	혜련惠連(參胡이다)	삼호參胡	
미羋(기夔, 월越, 변미蠻羋, 형荊)	계련季連(羋姓이다)	계련季連(羋姓이다)	계련季連	미羋

사巳성은 용족이기 때문에(위에서 상술하였다), 사巳의 별봉別封인 동성董姓 중에는 환룡씨豢龍氏가 있다. 미羋성의 월越 역시 용족이기 때문에(역시 위에서 상술하였다), 기夔 역시 용龍의 종류라고 말해지기도 한다. 『설문』에서는 이렇게 말했다.

기는 귀신이며, 용처럼 다리가 하나이다. 복夊을 형부로 한다. 생김새는 뿔 달린 손에 사람의 얼굴이 있는 모습이다.

夔, 神魖也, 如龍一足. 從夊. 象有角手人面之形.

『문선』「동경부東京賦」 설종薛綜 주에서는 이렇게 말했다.

기는 나무와 돌의 정령이다. 용과 같이 뿔이 나 있고, 비늘달린 거죽은 해와 달처럼 빛난다. 그것이 나타난 마을은 크게 가문다.

夔, 木石之怪. 如龍有角, 鱗甲光如日月. 見則其邑大旱.

소전小篆의 '기夔'자 역시 '사巳'를 형부로 하는 것은 금문金文의 '용龍'자가 '사巳'를 형부로 하는 것과 같은 의미이다. 그래서 『상서』에서는 기夔와 용龍을 통칭하였다. 미羋성에는 또 만미蠻羋가 있고, 형荊은 본래 형만荊蠻에 있었다. 사실 고대 남방의 제후들은 모두 만蠻이라고 칭해졌기에 기夔와 월越도 역시 만蠻인 것이다. 미芈성이 네 지파는 모두 만蠻으로 '미芈'는 아마 바로 '만蠻'의 발음이 바뀐 것일 것이다. '만蠻'자는 '충虫'부를 따르며『설문』에서는 "남만은 뱀의 종족이다(南蠻蛇種)"라고 하여, 더욱 미芈성이 용족이라는 것의 확실한 증거가 된다. 사巳와 미芈 두 성은 모두 용족인데 모두 축융에게서 나왔다. 즉 축융 역시 용의 아들이었을 것이다. '융融'자는 '충虫'부를 따르며 본의는 당연히 어떤 뱀의 이름이다.「동산경東山經」에서는 이렇게 말했다.

독산에는 (…중략…) 도말지수가 동남쪽으로 면수에 흘러드는데 그 속에는 조용이 많다. 그 생김새는 누런 뱀 같은데 지느러미가 있고 물속을 드나들 적에 빛을 발한다. 이것이 나타나면 그 고을이 크게 가문다.

獨山 (…중략…) 塗末之水, 東南流注于沔. 其中多儵蠕, 其狀如黃蛇, 魚翼, 出入有光. 見則其邑大旱.

'조용儵蠕'을 곽박 주에서는 "음이 조용이다(儵容二音)"라고 하였다. 금문金文「주공둔종(邾公鈍鍾)」에서 "육윤의 후손인 주공 둔(陸螽之孫邾公鈍)"에 대해 왕궈웨이王國維는 '육윤陸螽'는 즉 '육종陸終'이라고 말했고(『관당집림觀堂集林』18「주공종발邾公鍾跋」), 궈모뤄郭沫若는 '축융祝融'이기도 하다고 말했다(『금문총고金文叢考』「금문소무고金文所無考」). 이 두 가지 견해는 다 맞다. 사실 '螽'과 '향享'은 옛날에 같은 글자였고, '螽' 역시 '두근대다'라는 뜻의 '윤蜳(윤, 돈)'으로 풀 수 있다.『장자』「외물外物」에서 "불안하고 두려워 일을 이루지 못한다(墜蜳不得成)"라고 한 것에 사마표司馬彪의 주에서 "'진윤'은 '충융'으로 읽는다(墮蜳讀曰仲融)"고 했다. 윤蜳을 융融으로 읽는다는 것은 육윤陸蜳이 축융이라는 좋은 증거가 된다. 그런데 蜳의 뜻 부분인 章은 또한 고문의 '용墉'자이다. 그러므로 蜳은 '용墉'으로 해석할 수도 있고, 또 '축祝'은 조儵와 발음이 가까우며 '육윤陸蜳', '축융'은 사실 모두 『산해경』의 '조용儵蝛'이다. 「정어」에서 사백史伯은 이렇게 말한다.

무릇 려는 고신씨의 화정으로 그 과명으로 돈독하게 널리 하늘을 밝히고 땅을 덕스럽게 할 수 있으며, 사해를 비추니, 그를 일컬어 '축융'이라 하였습니다.

夫黎爲高辛氏火正, 以淳(焞)耀敦大天明地德, 光照四海, 故命之曰'祝融'.

축융 역시 능히 천지의 광명을 비춰 드러낼 수 습니다.

祝融亦能昭顯天地之光明.

"사해를 비춘다"는 것과 "드나들 때 빛이 난다"는 것이 부합하고 '화정火正'이라는 것과 "나타나면 그 마을이 크게 가문다"는 것이 부합하니 축융祝融이 곧 '조용儵蝛'이라는 것은 문제가 되지 않는다. 축융은 곧 조용이고 조용이 "나타나면 그 마을이 크게 가무"는데, 기夔는 축융의 후손이므로 역시 "나타나면 그 마을이 크게 가문다." 축융은 한 마리 화룡火龍이기에 또한 화산火山과 합쳐져서 화산의 신이 되었다.

서북해의 밖, 적수의 북쪽에 장미산이 있다. 신이 있는데 사람의 얼굴에 뱀의 몸을 하고 붉은 색이며, 몸의 길이가 천리이다. 세로 눈이 곧바로 합쳐져 있다? 그가 눈을 감으면 어두워지고 눈을 뜨면 밝아진다. 먹지도 않고, 잠도 안자고, 쉬지도 않으며 비바람을 불러올 수 있다. 이것은 대지의 밑바닥을 비추며 이름을 촉룡이라고 한다.

西北海之外, 赤水之北, 有章尾(焜)山. 有神人面蛇身而赤, 身長千里.[44] 直目正乘, 其瞑乃晦, 其視乃明. 不食, 不寢, 不息. 風雨是謁. 是燭九陰, 是謂燭龍.

—「대황북경大荒北經」

종산의 신은 이름이 촉음이라고 한다. 눈을 뜨면 낮이 되고 눈을 감으면 밤이 된다. 입김을 세게 내불면 겨울이 되고 천천히 내쉬면 여름이 된다. 물을 마시지도 음식을 먹지도 않으며, 숨도 쉬지 않는데 숨을 쉬면 바람이 된다. 몸의 길이가 1,000리이고 (무계의 동쪽에 있다) (…중략…) 그 생김새는 사람의 얼굴에 뱀의 몸을 하고 적색인데 종산 아래에 산다.

鍾山之神, 名曰燭陰, 視爲晝, 瞑爲夜, 吹爲冬, 呼爲夏, 不飮不食, 不息, 息爲風. 身長千里. (…중략…) 其爲物, 人面蛇身, 赤色, 居鍾山下.

—「해외북경」

촉룡은 안문 북쪽에 살며 위우산에 숨어 사는데 해를 보지 못한다. 그 신은 사람의 얼굴에 용의 몸을 하고 있으며 발이 없다.

燭龍在雁門北, 蔽于委羽之山, 不見日. 其神人面龍身而無足.

—『회남자』「지형훈墜形訓」

---

44 "몸의 길이가 천리(身長千里)"라는 부분은 원래 잘못해서 주에 들어가 있는데,『예문류취藝文類聚』79와『초사보주楚辭補注』10의 인용에 따라 보충하였다.

촉룡이 축융이라는 것은 양콴楊寬이 이미 논술하였다(『중국상고사도론
中國上古史導論』-『고사변古史辨』 제7책 상편).[45] 맞는 말이지만 촉룡이라고
말한 것은 틀리다. 『회남자』에서는 분명히 "해를 보지 못한다"라고 말
했다. '종鍾'과 '장章'은 같은 발음이 변화한 것이다(『한서漢書』「광천혜왕월
전廣川惠王越傳」). '존장尊章' 주에서는 "지금 관중의 부녀자들은 시아비
(舅)를 종鍾이라 부른다. 종은 '장'음이 전변된 것이다"라고 하였다. '미
尾'는 당연히 미燬로 읽어야 하며, 『설문』에서 "미燬는 불火이다"라고
하였다.

『동명기洞冥記』에서는 이렇게 말한다.

동방삭이 북쪽으로 종화산에 갔을 때 해와 달이 비추지 않자 청룡이 촛
불을 물고 산의 사방 끝을 비췄다.

東方朔北游鍾火山, 日月不照, 有靑龍銜燭, 照山四極.

---

45 【역주】『고사변古史辨』은 1926년부터 1941년까지 중국 고대사를 연구한 고사변파古史辨
派의 연구 성과를 모은 논문집으로 총 7책으로 이루어진 대작이다. 이 책은 20년대 초 중
국사학계에서 일어난 고사변파의 의고변위疑古辨僞 정신을 구현하였고 동서양을 결합하
여 '역사진보의 방법'을 드러냈다. 『고사변』은 중국 근대 사학사에 있어서 중국 고대사
연구로 가장 큰 영향을 남긴 저작이다. 여기에는 후스胡適, 첸셴퉁錢玄同, 구제강顧頡剛,
양콴楊寬 등이 참여하였다. 이 중 7책 상편에는 양콴의 『중국상고사도론中國上古史導論』
이 실렸다. 양콴(1914~2005)의 자는 관정寬正이고, 강소성江蘇省 청포靑浦 백학강진白鶴
江鎭 출신이다. 1936년 광화대학光華大學 중문과를 졸업하였고, 사학대가인 뤼쓰몐呂思勉
선생과 장웨이차오蔣維喬, 첸지보錢基博 선생 등에게 배웠다. 복단대학復旦大學 역사학과
교수와 상해사회과학원上海社會科學院 역사연구소 부소장, 상해시박물관上海市博物館 관
장 등을 지냈다. 저작에는 『서주사西周史』, 『전국사戰國史』, 『양관고사논문선집楊寬古史
論文選集』 등이 있으며, 초기 저작인 『중국상고사도론』에서는 신화의 분화연구설을 제시
하여 구제강이 개창한 '고사변'파 신화학의 중요한 후계자가 되었다. 이 책은 후에 단행
본으로도 수차례 출판되었다.

장미산은 종화산이고, 종산 또한 종화산의 약칭이다. 위에서 본 각각의 책에서 묘사한 상황은 분명 모두 화산의 성능으로부터 덧붙여져 나온 것이다. 그러나 종산의 신 촉룡이 축융이라는 것은 확실히 믿을 만하다. 「주어」상에서 내사內史 과過는 이렇게 말했다.

옛날 하나라가 흥기하였을 때 융이 숭산에 강림하였다.
昔夏之興也, 融降於崇山.

융은 축융이고, 숭산은 종산으로, 위소는 양성陽城 부근의 숭고산崇(嵩)高山이라고 하였는데 맞지 않는 것 같다. 「서차삼경西次三經」에서는 이렇게 말했다.

종산(의 신)의 아들은 고라고 한다. 그 생김새는 사람의 얼굴에 용의 몸을 하고 있다. 이것이 흠비와 함께 곤륜의 남쪽에서 보강을 죽이니 천제가 이에 종산의 동쪽 요애라고 하는 곳에서 그를 죽였다. 흠비는 큰 독수리로 변화하였는데 생김새가 수리 같으며 검은 무늬에 머리가 희고 붉은 부리에 호랑이 발톱을 하였다. 그 소리는 물수리 같은데 이것이 나타나면 큰 전쟁이 일어난다. 고도 또한 준조로 변하였는데 그 생김새는 솔개 같고 붉은 발에 곧은 부리, 노란 무늬에 흰 머리를 하고 있다. 그 소리는 고니 같으며 이것이 나타나면 그 고을이 크게 가문다.

鍾山(之神)其子曰鼓, 其狀如人面而龍身. 是與欽䲹殺葆江于昆侖之陽. 帝乃戮之鍾山之東曰瑤崖. 欽䲹化爲大鶚. 其狀如鵰而黑文, 白首赤喙而虎爪, 其音如晨鵠. 見則有大兵. 鼓亦化爲駿鳥, 其狀如鴟, 赤足而直喙, 黃文而白首, 其音如鵠. 見則其邑大旱.

종산은 본래 북방에 있고, 축융은 전욱의 손자이며 전욱은 북방의 신이다. 그래서 축융은 본래 당연히 북방에 있다. 종산의 신 축융의 아들 고가 준조가 되었다는 것은, 아마도 축융의 후예가 남방으로 천도하여 남방의 회이淮夷를 정복하고 그 지방을 점거한 이야기일 것이다. 회이는 새 토템 부족으로 제준帝俊의 후예였다. 그래서 "준조가 되었다"고 말한 것이다. 제준은 제곡帝嚳이다. 『국어』「정어」에서 "려黎는 고신씨의 화정이 되었다"고 하였다. 『사기』「초세가」에서는 이렇게 말한다.

중려는 제곡 고신씨를 위해 화정으로 머무르며 많은 공을 세웠고, 능히 천하를 밝게 화합하게 하여 제곡이 그를 축융이라 명하였다.
重黎爲帝嚳高辛氏居火正, 甚有功, 能光融天下, 帝嚳名曰祝融.

아마도 이들은 같은 이야기 중의 다른 전설일 것이다. 고鼓가 "나타나면 그 마을이 크게 가문다"는 것과 조용의 전설은 서로 같다. 조용은 즉 축융이고 고는 축융의 아들이므로 같은 전설이다. 초의 시조 축융은 적룡으로, 한 고조는 초나라 사람이다. 그래서 역시 적룡赤龍이나 적사赤蛇의 정령(精)인 것이다. 축융의 아들은 용이 새로 변한 것이며 또한 『춘추악성도春秋握誠圖』에서 기록한 "유온이 꿈에 붉은 새를 보았는데 마치 용이 자신을 희롱하는 것 같더니, 집가를 낳았다(劉媼夢赤鳥如龍戲己, 生執嘉)"(『사기』「고조본기高祖本紀」 정의正義에서 인용)라고 한 전설과 서로 부합된다.

4) 황제黃帝

황제가 용이라는 문제는 매우 간단하다.

헌원지국에 (…중략…) 사람의 얼굴에 뱀의 몸을 하고, 꼬리는 서로 꼬고
머리는 위를 향하고 있다.
軒轅之國 (…중략…) 人面蛇身, 尾交首上.

—「해외서경」

헌원은 황룡의 몸이었다.
軒轅黃龍體.

—『사기』「천관서天官書」

중앙은 토덕이고, 그 임금은 황제이며, 그를 보좌하는 것은 후토이고,
(…중략…) 그 짐승은 황룡이다.
中央土也, 其帝黃帝, 其佐后土 (…중략…) 其獸黃龍.

—『회남자』「천문훈」

황제는 토덕을 받으니, 황룡과 땅지렁이가 나타났다.
黃帝得土德, 黃龍地螾見.

—『사기』「봉선서」

황제가 장차 죽으려 하니 황룡이 떨어졌다.

黃帝將亡, 則黃龍墜.

—『개원점경』「용어충사점」에서 인용한『춘추악성도』

여기서는 황제의 후예인 12가지 성 중 희僖와 사巳, 두 가지 성만 예로 들어 황제의 다른 성 역시 용족이라는 것을 증명해 보겠다.

① 「진어晉語」 4에서 사공계자司空季子가 이렇게 말했다.

무릇 황제의 아들로는 25종宗이 있는데 그중 성을 받은 자는 14명으로 12성을 이루었다. 희, 유, 기, 사, 등, 잠, 임, 순, 희, 길, 현, 의이다.

凡黃帝之子二十五宗, 其得姓者十四人, 爲十二姓 : 姬, 酉, 祁, 巳, 滕, 箴, 任, 荀, 僖, 姞, 嬛, 依是也.

이에 대해 구음舊音에서 말하길 "희僖는 리釐로도 쓴다"라고 했다. 『잠부론』「지씨성志氏姓」에서도 리釐로 썼다. 「노어魯語」 하下에서는 중니仲尼가 이렇게 말한다.

(방풍은) 왕망씨의 임금으로 봉우지산의 사람들을 통치하여 칠성이 되었습니다. 우 · 하 · 상대에 왕망씨라 했으며, 주나라에 들어서 장적이라 했으며, 지금은 대인이라 합니다.

(防風)汪芒氏之君也, 守封嵎之山者也, 爲漆姓. 在虞 · 夏 · 商爲汪芒氏, 於周爲長狄, 今爲大人.

『사기』「공자세가孔子世家」에서는 '칠漆'을 '리釐'로 썼는데(『설원』「변물辨物」도 같다), 색은에서는 "리의 음은 희(釐音僖)"라고 했다. 왕인지王引之[46]는 '칠漆'이 '래來'의 오자이며 '래來'와 '리釐'가 통한다(『경의술문經義述聞』20)고 하였는데 이는 매우 정확하다. 공자의 말에 따르면 방풍씨는 춘추시대의 '거인(大人)'이며 「대황북경」에서는 "대인국이 있는데 리성이다(有大人之國, 釐姓)"라고 하였는데 이것은 왕인지가 말한 것의 아주 좋은 증거가 된다. 왕인지는 또한 「진어晉語」에서 황제의 후예 중에 희성僖姓이 리성釐姓이라는 사실에 근거하여 방풍씨가 황제의 후손이라는 것도 증명하였는데 이 견해도 정확하다.

대인국 사람들은 구름을 탈 수 있으나 걸어 다니지 못하니 아마도 용의 종류일 것이다.

大人國, 其人 (…중략…) 能乘雲而不能走, 蓋龍類.

—『박물지』2

곤륜산으로부터 북쪽으로 구만리를 가면 용백국에 이르는데, 이곳 사람들은 키가 30길이다.

---

46 【역주】 왕인지王引之(1766~1834)는 청대의 유명한 학자이며, 이부상서吏部尙書를 지낸 왕안국王安國의 손자이며, 유명한 학자인 왕념손王念孫의 아들이다. 자는 백신伯申, 호는 만경曼卿, 석구石臞이고, 강소성 고우高郵 출신이다. 어려서는 가학으로『이아爾雅』,『설문說文』,『음학오서音學五書』등을 공부하였고, 문자, 음운, 훈고학을 익혔다. 가경嘉慶 4년(1799)에 진사가 되었는데 우수한 성적으로 한림원편수翰林院編修를 거쳐 예부좌시랑禮部左侍郞, 진공부상서晉工部尙書 등을 역임하였다. 『사림전고詞林典故』의 편수編修 작업에 참여하였고, 『강희자전康熙字典』의 오류를 교감하여『고증考證』12책을 편찬하였다. 부친 왕념손과 함께 '고우이왕高郵二王'이라고 불린다.

從崑崙山以北九萬里, 得龍伯國, 人長三十丈.

—「대황동경大荒東經」 주에서 『하도옥판河圖玉版』을 인용

키가 3길이다.

長三丈.

—『초학기』 19에서 『하도용어河圖龍語』를 인용

용백국에는 거인이 있는데 발을 떼면 한 걸음 딛기도 전에 다섯 개의 산을 지났으며, 낚시를 하면 한 번에 자라 여섯 마리를 줄줄이 잡았다.

龍伯之國有大人, 舉足不盈步而暨五山之所, 一釣而連六鰲.

—『열자列子』 「탕문湯問」

용백국은 대인국이며 대인국은 '용류'이므로 용백국이라고 한 것이다. 황제는 용이고 대인국은 황제의 후예의 나라이니 역시 용류이다.

② 황제의 12성 가운데 사巳성도 있는데 사巳는 용이다(앞에서 언급함). 황제의 후예인 사巳성과 축융의 후예인 사巳성은 토템의 입장에서 보면 같은 성이다. 왜냐하면 황제와 축융이 모두 용이기 때문이다.

5) 흉노匈奴

흉노의 용 토템 흔적은 아래에 열거한 사항들로 증명할 수 있다.

① 해마다 용을 세 차례 제사지냈는데 그것을 '용사龍祠'라고 하였다.
『후한서』「남흉노전南匈奴傳」에서는 이렇게 말했다.

> 흉노는 해마다 세 차례 용 제사를 지냈다. 정월과 5월, 9월 무일마다 천신
> 에게 제사지냈다.
> 匈奴歲有三龍祠. 常以正月·五月·九月戊日祭天神.

② 용 제사(龍祠)를 거행할 때 수령들이 모여서 국가 대사를 논의하였
는데 그것을 '용회龍會'라고 불렀다. 「남흉노전」에서 또 이렇게 말했다.

> 선우가 매번 용회에서 회의할 때마다(좌현왕),[47] 사자는 번번이 병을 핑
> 계로 가지 않았다.
> 單于每龍會議事(左賢王), 師子輒稱病不往.

③ 용에게 제사지내는 곳은 '용성龍城'이나 '용정龍庭'이라고 불렀다.
『사기』「흉노전」에서는 이렇게 말했다.

> 오월에 용성에서 대회를 열어 그 선조와 천지, 귀신에게 제사지냈다.
> 五月大會龍城, 祭其先·天地·鬼神. ('용성龍城'을 『한서漢書』에서는 '용

---

47 【역주】좌현왕左賢王이란 흉노 귀족의 봉호이다. 흉노 여러 왕후 중 지위가 가장 높았으
며 항상 태자가 그 자리에 올랐다. 오주류烏珠留 선우 때에는 좌현왕에 오른 자가 계속 사
망하자 상서롭지 못하다고 여겨 호칭을 '호우護于'로 바꿨다. 좌곡여왕左谷蠡王, 우현왕右
賢王, 우곡여왕右谷蠡王과 더불어 '사각四角'이라고 불렀다.

정龍庭'이라고 썼다.)

이에 대해 색은에서는 최호崔浩의 말을 인용하여 "서방의 호족(흉노)은 모두 용신을 섬겼다. 그래서 대회를 여는 곳을 용성이라고 부른 것이다(西方胡皆事龍神, 故名大會處爲龍城)"라고 하였다.『문선』에 수록된 반고班固의「봉연연산명封燕然山銘」[48]에 "묵돌의 부락을 밟고, 오래된 용정을 불태운다(蹈冒頓之區落, 焚老上之龍庭)"라는 구절이 있는데, 그 주에서는 "용정은 선우가 하늘에 제사지내던 곳이다(龍庭, 單于祭天所也)"라고 하였다.

④ 습속 가운데 '용기龍忌'라 불리는 금기가 있었다.『회남자』「요략要略」에서는 "개폐의 원칙을 조정함에, 각각 용기라고 하는 금기 있었다操合開塞, 各有龍忌)"고 하였는데 허신 주에서는 이렇게 말했다.

중원에서는 귀신에 관련된 일을 '기忌'라고 하는데, 북호와 남월은 모두 '청룡請龍'이라고 한다.
中國以鬼神之事曰忌, 北胡南越皆謂'請龍'.

『후한서』「주거전周擧傳」에서는 이렇게 말한다.

---

48 【역주】 동한 화제和帝 영원永元 원년(89년)에 대장군 두헌竇憲이 명을 받들어 흉노를 원정하러 갈 때 반고는 중호군中護軍직으로 수행하게 되었다. 두헌이 북방의 선우에게 대패하자 연연산燕然山(지금의 몽골에 있는 항애산抗愛山)에 올라 반고에게 짓게 한 글이 바로 이 유명한「봉연연산명」이다.

태원의 옛 습속에 개자추가 불에 타 죽음으로써 '용기'라는 금기가 생겨났다. 그가 죽은 달이 되면 모두들 신령이 불 피우는 것을 좋아하지 않으신다고 말하고, 이 때문에 백성들은 매번 겨울 중 1월 한식이 되면 감히 불을 때는 자가 없다.

太原舊俗, 以介子推焚骸, 有龍忌之禁. 至其亡月, 咸言神靈不樂擧火, 由是士民每冬中輒一月寒食, 莫敢燃爨.

진晉나라는 북방 민족의 습속에 많이 물들었기 때문에 역시 용기龍忌가 있었다. 『묵자』「귀의貴義」에는 이런 기록이 있다.

묵자가 북쪽으로 제나라에 가는데 점쟁이(日者)를 만났다. 점쟁이가 말했다. '임금께서 오늘 흑룡을 북쪽에서 죽이셨는데 선생의 색이 흑색이니 북쪽으로 가서서는 안 됩니다.' 묵자가 듣지 않고 결국 북쪽으로 치수淄水에 이르렀지만 가지 못하고 돌아왔다. 점쟁이가 말했다. '제가 선생께 북쪽으로 가서는 안 된다고 말씀드렸지 않습니까?' 묵자가 말했다. '남쪽 사람이 북쪽으로 가지 못하고 북쪽 사람이 남쪽으로 가지 못한다면, 그중 흑색인 자도 있고 백색인 자도 있는데 어째서 그들 모두 가지 못하는가? 또한 임금께서 갑을일에는 동쪽에서 청룡을 죽이고 병정일에는 남방에서 적룡을 죽이고 경신일에는 서방에서 백룡을 죽이고 임계일에는 북방에서 흑룡을 죽였는데, 만약 당신처럼 말한다면 천하의 모든 사람들이 다니는 것을 다 금해야 할 것이다.'

子墨子北之齊, 遇日者. 日者曰 : '帝以今日殺黑龍於北方, 而先生之色黑, 不可以北.' 子墨子不聽, 遂北至淄水, 不遂而反焉. 日者曰 : '我謂先生不可

以北.’ 子墨子曰 : ‘南之人不得北, 北之人不得南, 其色有黑者, 有白者, 何故

皆不邀也? 且帝以甲乙殺靑龍於東方, 以丙丁殺赤龍於南方, 以庚辛殺白龍

於西方, 以壬癸殺黑龍於北方, 若用子之言, 則是禁天下之行者也.’

이것도 ‘용기’일 것이다. 류판수이劉盼遂[49]는 묵적墨翟이 북적北狄 종
족이라고 하였는데 여기서 말한 것은 흉노匈奴의 풍속이다(『연경신문燕
京新聞』[50] 민국民國 27년 11월 18일).

⑤ 스스로 용류라고 여겼다. 『안자춘추』「간諫」 하下에서 말했다. “적
인과 용사를 같은 것으로 묶었다(維翟(狄)人與龍蛇比).” 『여씨춘추』「개
립介立」에는 이런 기록이 있다.

진문공이 돌아간 후 개자추가 상을 받지 못하여 스스로 시를 지었다. ‘용
이 날아오름에 천하를 두루 돌아다니고, 다섯 마리 뱀이 그를 따르니 그들
을 승상으로 삼아 보좌하게 하였네. 용이 그 고향으로 돌아가 그 처소를 찾
으매 네 마리 뱀이 그를 따라 그 이슬비를 얻었네. 한 마리 뱀이 그것을 부
끄럽게 여겨 들판 가운데서 말라죽었다네.’ 이 글을 공문에 걸어놓고는 산
아래 숨어버렸다.

---

49 【역주】 류판수이劉盼遂(1896~1966)는 저명한 고전문학 전문가이자, 고문헌학자, 언어학자
이다. 이름은 명지銘志이고 자가 반수이다. 하남성 신양시信陽市 회빈현淮濱縣 사람이다.

50 【역주】 『연경신문』은 국공내전 시기 국민당 통치구에서 진보적인 학생들이 간행한 신문
이다. 처음에는 연경대학 신문학과 실습신문인 『평서보平西報』로 시작하였고 1932년에
창간되었다. 항전기에 성도成都에서 출판되면서 『연경신문』으로 이름이 바뀌었다. 1946
년 북평北平에서 주간週刊으로 복간되었고, 1948년 11월에 정간되었다.

晉文公反, 介子推不肯受賞, 自爲賦詩曰 : ‘有龍于飛, 周徧天下, 五蛇從之, 爲之丞輔. 龍反其鄕, 得其處所, 四蛇從之, 得其露雨. 一蛇羞之, 橋死中野.’ 懸書公門而伏於山下.

임금이 용이라 칭하고 신하를 뱀이라 칭하는 것 역시 호족의 습속이니 즉 이른바 "적인翟人과 용사龍蛇를 같은 것으로 묶는"(위의 조항과 상호 참조) 것이디.

⑥ 사람의 얼굴에 용의 몸이다. 『개원점경』「객성점육客星占六」에서 치맹郗萌을 인용하여 말했다.

객성이 흉노성에 머물고, 인면용신이 십여 일 동안 머물며 가지 않으니, 호인은 안으로 적을 만나고 국가에서 전쟁이 일어나며, 변방의 사람들이 투항하러 온다.

客星舍匈奴星, 人面龍身留十餘日不去, 胡人內相賊, 國家兵起, 邊人來降.

이상의 사항들을 볼 때 고대의 몇 가지 주요 화하민족과 이적민족은 거의 모두 용 토템의 부족이었다. 중국 역사와 문화에서 용의 의의는 진실로 너무나 중대하다. 용에 관해 말할 수 있는 것들은 아직도 매우 많지만 편폭이 한정되어 있으니, 『산해경』에 나타나는 인면사신이나 인면용신의 신들(위에서 이미 토론한 것이나 토론하지 않은 것도 포괄하여)을 하나의 표에 총괄하여 열거하는 것으로 본문을 마무리하도록 하자. 표 속에서 각 신의 방위 분포를 주의하여 보라.

<표> 『산해경』에서 인면사신人面蛇身, 인면용신人面龍身의 신들 민국民國 31년 11월 15일, 곤명昆明

중	「中次十經」	수산首山부터 병산丙山까지의 여러 신	모두 용의 몸에 사람의 얼굴(龍身人面)
남	「南次三經」	천오지산天吳之山부터 남우지산南禹之山까지의 여러 신	모두 용의 몸에 사람의 얼굴(龍身人面)
	「海內經」	연유延維	사람 머리에 뱀의 몸(人首蛇身)
서	「西次山經」	고오鼓	사람의 얼굴에 용의 몸(人面龍身)
	「海外西經」	헌원軒轅	사람의 얼굴에 뱀의 몸(人面蛇身)이며 머리 위에서 꼬리를 교차하고 있음
북	「北次一經」	단호지산單狐之山부터 제산隄山까지의 여러 신	모두 사람의 얼굴의 뱀의 몸(人面蛇身)
	「北次二經」	관잠지산管涔之山부터 돈제지산敦題之山까지의 여러 신	모두 뱀의 몸에 사람의 얼굴(蛇身人面)
	「海外北經」과「大荒北經」	촉룡燭龍 촉음燭陰	사람의 얼굴에 뱀의 몸이며 붉은 색
		상류相柳 상요相繇	사람의 얼굴이 아홉 개에 뱀의 몸이고 스스로를 감고 있으며 푸른색이다.
	「海內北經」	貳負51	사람의 얼굴에 뱀의 몸
동	「海內東經」	雷神	용의 몸과 얼굴에 사람의 두상

---

51 「해내서경海內西經」에서 "알유는 뱀의 몸에 사람의 몸 이부 신하에게 살해당했다(窫窳者蛇身人面貳負臣所殺也)"라고 했는데, 여기서 "뱀의 몸에 사람의 몸"이라는 표현은 이부貳負를 형용하는 것이지 알유窫窳를 형용하는 것이 아니다. 「북산경北山經」에서 알유는 "소와 같은데 몸이 붉고 사람의 얼굴의 말의 발이 달렸다(如牛而赤身人面馬足)"고 하였고, 「해내남경海內南經」에서는 알유가 "용의 머리(龍首)"라고 했고, 『이아爾雅』「석수釋獸」에서는 알유가 "맹호와 같은 발톱이 달렸다(似貙虎爪)"라고 하였으니, 알유가 뱀의 몸이 아니었음을 알 수 있다.

3장 | 전쟁과 홍수 |

우리는 여러 가지 홍수유민이야기를 분석하면서 그 중심 모티브가
아래에서 벗어나지 않음을 발견했다.

① 남매의 아버지와 뇌공雷公과의 투쟁

② 뇌공이 홍수를 일으킴

③ 인류 전체에서 남매 두 사람만이 살아남

④ 두 사람이 부부로 맺어짐

⑤ 인류를 번성시킴

이것은 또한 두 가지 중요한 원소로 귀납될 수 있다. 홍수는 일종의
전략에 지나지 않거나 전쟁 피해의 정점일 뿐으로 ①과 ②는 모두 '전
쟁(A)'으로 합칠 수 있다. 남매 혼인과 인류 번성은 조상 숭배의 기원이
야기이므로 ④와 ⑤는 모두 '종교(B)'로 합칠 수 있다. ③에서 남매가 홍

수에서 구원받는 것은 A와 B사이의 연결고리이다. 이 두 가지 원소는 마침 고대사회를 설명하는 명언, "나라의 큰일은 제사와 전쟁에 있다(國之大事, 在祀與戎)"[1]는 원칙과 딱 들어맞는다. B항, 즉 조상 숭배의 종교에 관해서는 앞에서 이미 많이 언급하였다. 이 장에서는 A항의 전쟁이야기를 집중적으로 토론하겠다.

우리가 중국 고대 전적 중에서 전쟁이야기의 흔적을 찾으려 할 때 홍수는 좋은 단서가 된다. 『회남자淮南子』「남명훈覽冥訓」에서는 이렇게 말했다.

그러나 아직도 복희씨의 도에는 미치지 못했다. 옛날에 사극이 무너지고 구주가 갈라져 하늘은 두루 널리 가리지 못하고 땅은 두루 널리 싣지 못하며, 불은 훨훨 타오르며 꺼지지 않고, 물은 철철 넘쳐 줄지 않으며, 맹수는 착한 백성을 잡아먹고 날랜 새는 늙은이와 약한 자를 잡아먹었다. 이에 여와가 오색의 돌을 녹여 푸른 하늘을 메우고, 큰 거북의 다리를 잘라 네 모퉁이(사극)를 세우고, 흑룡을 죽여 기주를 구제하고, 갈대의 재를 쌓아 홍수를 막았다. 그래서 푸른 하늘은 보수되고, 사극은 바로잡혔으며, 홍수는 마르고, 기주는 평정을 되찾고, 악한 동물은 죽고, 착한 백성들은 살아났다.

然猶未及虙羲氏之道也. 往古之時, 四極廢, 九州裂, 天不兼覆, 地不周載, 火爁焱而不滅, 水浩洋而不消, 猛獸食顓民, 鷙鳥攫老弱. 於是女媧鍊五色石以補蒼天, 斷鼇足以立四極, 殺黑龍以濟冀州, 積蘆灰以止淫水. 蒼天補, 四極正, 淫水涸, 冀州平, 狡蟲死, 顓民生.

1　【역주】『좌전左傳』「성공成公 13년」에 나오는 말이다.

이 이야기와 공공은 관계가 있는데, 아래의 몇 가지 점으로 증명할 수 있다.

① 흑룡黑龍이 공공共工이라는 것은, 앞에서 구룡句龍을 논하면서 상술하였다.

② "사극이 무너지고 구주가 갈라져 하늘은 두루 널리 가리지 못하고 땅은 두루 널리 싣지 못했다"는 것은 즉 '하늘이 서북쪽으로 기울어지고, 땅이 동남쪽으로 기울어진 것'인데 『초사楚辭』와 『회남자』에 근거해 볼 때 그것은 공공이 산을 들이받은 결과이다. 『초사』「천문天問」에서 "강회가 매우 노하였는데, 땅은 어째서 동남쪽으로 기울었는가(康回馮怒, 墜何以東南傾)?"라는 구절에 왕일王逸은 주에서 "강회는 공공의 이름이다(康回, 共工名也)"라고 하였다. 『회남자』「원도훈原道訓」에서는 "옛날 공공이 힘껏 부주산을 들이받아 땅이 동남쪽으로 기울어졌다(昔共工之力觸不周之山, 使地東南傾)"라고 하였다. 「천문훈天文訓」에서는 이렇게 말한다.

옛날 공공이 전욱과 제위를 놓고 다투다가, 화가 나서 부주산을 들이받아 하늘의 기둥이 끊어지고 땅을 지탱하는 끈이 끊어졌다. 하늘이 서북쪽으로 기울어져서, 해와 달, 별들이 이리로 움직여 갔고, 땅이 서남쪽으로 기울어져 물과 흙이 이쪽으로 가게 된 것이다.

昔者共工與顓頊爭爲帝, 怒而觸不周之山, 天柱折, 地維絶. 天傾西北, 故日月星辰移焉, 地傾西南, 故水潦塵埃歸焉.

③ 「남명훈」에서 '음수_{淫水}'라는 것은 홍수를 뜻하는 것으로, 전해지는 바에 의하면 공공이 일으킨 것이라고 한다. 『상서_{尙書}』 「요전_{堯典}」에는 "정언용위, 상(탕)공(홍)도천(靜言庸違, 象(瀁)恭(洪)滔天)"[2]이라는 말이 나온다. 『논형_{論衡}』 「회국_{恢國}」과 『잠부론_{潛夫論}』 「명암_{明暗}」에서는 '용위_{庸違}'를 '용회_{庸回}'라고 썼는데 이는 「천문」의 강회이자 공공이다. '탕홍도천_{瀁(蕩)洪滔天}'은 『회남자』 「본경훈_{本經訓}」에서 "공공이 홍수를 일으켰다_{共工振滔洪水}"는 것을 말한다. 이밖에도 다음은 모두 홍수가 공공과 관계있음을 암시한다.

> 옛날 공공씨가 온갖 강물을 막아놓고 (…중략…) 높은 산을 무너뜨려 낮은 곳을 막으며 천하를 해롭게 했다.
>
> 昔共工氏 (…중략…) 壅防百川, 墮高堙庳, 以害天下.
>
> ──『국어_{國語}』 「주어_{周語}」 하_下

> 우에게 공이 있었으니, 홍수를 막고 백성들에게서 해악을 제거하고 공공을 쫓아냈다.
>
> 禹有功, 抑下鴻(洪), 辟除民害, 逐共工.
>
> ──『순자_{荀子}』 「성상_{成相}」

> 전욱은 공공과의 전쟁을 통해 물과 땅을 평정시켰다.

2　【역주】 이 구절은 일반적으로 "말은 잘 하나 행동이 다르고, 겉으로는 공손하나 속은 매우 오만하다"는 뜻으로 해석되지만, 저자는 여기서 이를 강회와 홍수이야기에 관련지어 해석하고 있다.

顓頊有共工之陣以平水土.

—『사기史記』「율서律書」

『보사기補史記』「삼황본기三皇本紀」에서는 여와가 수습한 것은 공공이 만든 잔해라고 직접적으로 말한다.

여와 말년이 되어 제후 중에 공공씨가 있었는데 수덕이 목덕을 계승하여 이에 축융과 전쟁을 하였다. 이기지 못하자 노하여 머리로 부주산을 들이받았는데, 하늘 기둥이 끊어지고 땅의 동아줄이 끊어졌다. 여와가 이에 오색의 돌을 녹여서 하늘을 보수하고, 거북의 다리를 잘라 사극을 세웠고, 갈대의 재를 가져다 홍수를 막고 기주를 구제했다. 이에 땅은 평평해지고 하늘이 온전해지니 옛 모습에서 바뀌지 않았다.

當其(女媧)末年也, 諸侯有共工氏, 任智刑以强霸而不王, 以水乘木, 乃以祝融戰. 不勝而怒, 乃頭觸不周山, 崩, 天柱折, 地維缺. 女媧乃煉五色石以補天, 斷鼇足以立四極, 聚蘆灰以止滔水, 以濟冀州. 於是地平天成, 不改舊物.

『노사路史』「후기後紀」2에서는 또한 공공은 여와가 멸했다고 한다.

태호씨가 쇠하자 공공이 난을 일으키기 시작하여 홍수를 일으키며 천하를 해롭게 하였다. 하늘의 그물이 무너지고 땅의 벼리가 끊어졌다. 중앙의 기주가 뒤집히고 백성들은 명을 받들지 않았다. 이에 여황씨(여와)가 신력을 부려 공공씨와 겨루어 공공씨를 멸하여 옮겨가게 하였다. 그런 후에 사극이 바로잡히고, 기주가 편안해지고, 땅이 평정되고 하늘이 온전해지니온 백성이 다시 살아났다.

太昊氏衰, 共工惟始作亂, 振滔洪水, 以禍天下. 隳天網, 絶地紀, 覆中冀. 人不堪命. 於是女皇氏役其神力, 以與共工氏較, 滅共工氏而遷之. 然后四極正, 冀州寧宁 地平天成, 萬民復生.

사마정司馬貞[3]은 『회남자』 「원도훈」과 「천문훈」의 공공이 제위를 놓고 싸우다 산을 들이받은 이야기와 「남명훈」의 여와가 하늘을 보수하고 홍수를 다스린 이야기를 하나로 묶어 서술하였으며, 나필羅泌은 「본경훈」의 공공이 홍수를 일으킨 이야기와 「남명훈」의 여와이야기를 하나로 만들었는데 이는 다 매우 일리가 있는 것이다.

한족 문헌에서는 홍수를 일으킨 이는 공공이고 묘족 전설에서는 뇌공이라면, 혹시 뇌공이 공공이 아닐까? 이 가설을 지지해 줄 방증들을 찾을 수 있지 않을까? 비교적 이른 시기 문헌 중에서 뇌공의 모습을 이야기한 것들은 모두 "용의 몸에 사람의 머리(龍身人頭)"라고 한다.

뇌택에 뇌신이 있는데, 용의 몸에 사람의 머리이고, 그 배를 두드리면 우렛소리가 난다.

雷澤中有雷神, 龍身而人頭, 鼓其腹則雷.

—「해내동경海內東經」

---

3 【역주】 사마정의 자는 자정子正이고 당唐 현종玄宗 때의 문신이자 사학자이다. 홍문관학사弘文館學士 등을 지냈으며 『사기』의 주석서인 『사기색은史記索隱』 30권을 지었다.

뇌택에 신이 있는데 용의 몸에 사람의 머리를 하였고, 그 배를 두드리면 번쩍번쩍 빛이 난다.

雷澤有神, 龍身人頭, 鼓其腹而熙.

—『회남자淮南子』「타형훈墮形訓」

공공 또한 '사람의 얼굴에 뱀의 몸(人面蛇身)'이다.

공공은 천신으로 사람의 얼굴에 뱀의 몸을 하였다.

共工, 天神, 人面蛇身.

—『회남자』「타형훈」 고유高誘 주

공공은 사람의 얼굴에 뱀의 몸을 하였으며, 붉은 털이 나 있다.

共工人面蛇身朱發.

—「대황서경大荒西經」 주에서 인용한『귀장歸藏』「계서啓筮」

서북쪽 황야에 사람이 있는데 사람 얼굴에 붉은 수염이 나 있고, 뱀의 몸에 사람의 손발을 지녔으며 오곡을 먹고 산다. 짐승처럼 둔하고 어리석은데 이름을 공공이라 한다.

西北荒有人焉, 人面朱髯, 蛇身人手足, 而食五谷, 禽獸頑愚, 名曰共工.

—『신이경神異經』

그리고 그 아들의 이름은 구룡句龍이며, 그 신하 또한 사람의 얼굴에 뱀의 몸이다.

공공의 신하는 상류씨라고 하는데 (…중략…) 머리가 아홉에 사람의 얼
굴에다 뱀의 몸을 하고 있는데 푸른빛이다.

共工之臣曰相柳氏 (…중략…) 九首人面, 蛇身而靑.

—「해외북경海外北經」

공공의 신하는 이름이 상요라고 하는데 머리가 아홉에 뱀의 몸에 스스로
를 휘감고 있다.

共工臣名相繇, 九首蛇身自環.

—「대황북경大荒北經」

따라서 공공의 모습은 사실 뇌신과 비슷하며, 이것은 공공이 곧 뇌신
이라는 것에 대한 유력한 방증이라고 할 수 있다. 회回의 옛 글자는 뇌雷
와 통하며, 오뇌吳雷(『초공박楚公鎛』)는 오회吳回(『대대례기大戴禮記』「제계帝
系」, 『사기』「초세가楚世家」, 「대황서경」)로도 썼고, 방뢰方雷(「진어晉語」 4)는
방회方回(『회남자』「숙신훈俶眞訓」, 『후한서後漢書』「주반전周盤傳」 주에서 인용한
『열선전列仙傳』 48)로도 썼으며, 뇌수雷水(『목천자전穆天子傳』, 『수경水經』「하
수주河水注」)는 회수回水(「천문」, 『한서漢書』「무제기武帝紀」, 「호자가瓠子歌」)**4**
로도 쓴 것이 그 예이다. 『논형』과 『잠부론』에서는 『상서』를 인용하면
서 공공을 용회庸回로 썼으며, 「천문」에서는 강회康回로 썼는데 아마도
용회와 강회는 바로 용뢰庸雷와 강뢰康雷일 것이다. 이 주장이 믿을 만하
다면 공공은 곧 뇌신이라는 것이 완전히 증명된다.

4　【역주】「호자가瓠子歌」는 한漢 무제武帝 유철劉徹(기원전 156~기원전 87)이 쓴 시이다.

공공의 역사상의 명성은 지극히 나쁘다고 할 수 있다. 그의 죄명은 홍수를 일으켜 세상에 해를 끼친 것 외에도, '난을 일으킨 것(作亂)'과 '스스로 오만했던 것(自賢)' 두 가지가 더 있다. 전자는 『여씨춘추呂氏春秋』 「탕병蕩兵」과 『사기』 「초세가」에 보이고, 후자는 『주서周書』 「사기史記」에 보인다. 『좌전』에서는 '사흉四凶'[5]의 하나로 불렀다.

소호씨에게 불재자가 있었으니, 믿음을 무너뜨리고 충성을 버리고, 추한 말을 숭상하고 꾸며대며, 용회를 참소하려 꾀하며, 참소를 입고 사특함을 모아 성덕을 모함하였다. 천하의 백성들이 그를 궁기라고 불렀다.

少皞氏有不才子, 毁信廢忠, 崇飾惡言, 靖譖庸回, 服讒蒐慝, 以誣盛德. 天下之民謂之窮奇.

주석가들은 모두 궁기가 곧 공공이라고 하였는데 여기에는 문제가 없는 것 같다. 이로 인하여 성덕이 있는 많은 제왕들 모두 일찍이 공공을 처벌한 공이 있게 되었다. 제곡이 공공을 주멸한 것은 『회남자』 「원도훈」과 『사기』 「초세가」에 보인다. 전욱이 공공의 신하 부유浮游와 싸워 그를 물리친 것은 『급총쇄어汲冢瑣語』[6]에 보인다. 당씨唐氏(제요帝堯)

---

5 【역주】사흉이란 전설에서 중국 상고시대 순임금 때 사방으로 쫓겨난 네 흉신을 지칭한다. 사흉에 관해서는 『상서尙書』와 『좌전左傳』에 기록이 남아 있는데 내용에 약간 차이가 있다. 『상서』 「순전舜典」에서는 사흉을 공공共工, 환두驩兜, 곤鯀, 삼묘三苗라고 하지만, 『좌전』 「문공文公 18년」에서는 "제홍씨帝鴻氏의 불제자 혼돈混沌, 소호씨少皞氏의 불재자 궁기窮奇, 전욱씨顓頊氏의 불제자 도올檮杌을 합쳐 '삼흉三凶'이라고 하고 진운씨縉雲氏의 불재자 '도철饕餮' 까지 합쳐 '사흉'이라고 한다"고 하였다. 여기에서 원이되는 주석가들의 해석과 궁기가 용회를 참소하려 했다는 점을 근거로 그를 공공이라고 본 것이다.
6 【역주】『급총쇄어』는 작자 미상의 잡사체 지괴소설이다. '급총서'의 일종인데, 남송대南宋代에 사라졌고, 현재 전해지는 것은 집일본輯佚本이다. 20여 칙則의 문장이 남아 있는데

가 공공을 친 것은『주서』「사기」에 보인다. 제순帝舜이 공공을 유주幽州에 유배시킨 것은『상서』「요전」에 보인다.

우의 공로는 대단히 많다. 공공을 공격한 일은「대황서경」에 보이고, 공공을 친 일은『순자』「의병議兵」과『전국책戰國策』「진책秦策」에, 공공을 쫓아낸 일은『순자』「성상」에 보이며, 공공의 신하인 상류 또는 상요를 죽인 것이「해외북경」및「대황북경」에 나온다. 이 밖에 앞에서 언급했던 여와가 흑룡을 죽인 것이 실은 공공을 죽인 것이라는 점도 잊어서는 안 된다.

하지만 묘족 전설에서는 공공을 이렇게 천고의 죄인으로 억울하게 만들지 않았다. 그들의 태도는 비교적 솔직하며 어린아이 같다. 형제 두 사람이 재산을 다투어 화목하지 못하게 되었으며 형이 화를 내자 홍수가 일어 동생이 관리하던 대지를 물에 잠기게 하였다고만 이야기한다. 이야기 (10)과 같다. 그들은 자신의 조상이 패배를 맛보고, 상처를 입어 죽게 되었다는 이야기를 꺼리지 않고 하는데, 이야기 (2)와 같다. 이로 인하여 이 원한심리를 이야기 (1) 가운데 솔직하게 표현하였는데, 바로 모친의 병이 심하여 아들에게 "만약 하늘에 사는 뇌공의 심장을 먹으면, 곧 나을 수 있을 텐데"라고 알려주는 이야기가 나온다. 결국 한족의 이야기와 묘족의 이야기는 분위기도 다르고, 그 태도에 있어서도 하나는 이지적이고 하나는 감정적이라고 할 수 있지만, 둘 다 깊고 오래된 원한관계가 묻혀 있다는 점에는 차이가 없다.

그중 비교적 온전한 것은 15칙 정도 된다. 전국 중기 이전에 쓰인 것으로 보이며, 내용은 역사와 환상적이고 허구적인 내용들이 섞여 있다.

이 전쟁이 얼마나 격렬했는지는 『회남자』「남명훈」과 「천문훈」에 서술되어 있는 것을 보면 짐작할 수 있다. 사극이 무너지고, 구주가 분열되고, 하늘이 서북쪽으로 기울어지고, 땅이 동남쪽으로 기울 정도로 그 파괴성은 어마어마하다. 신화시기 역사상 가장 유명한 탁록涿鹿의 전투는 시기가 더 가까워 사람들의 기억 속에 더 선명하게 남았겠지만, 그 규모로 따지자면 그 처참함이 이 정도에 미치지는 못한다.

하지만 홍수부분은 분명 다른 일에 관계된 것인데, 그것이 이 전쟁이야기에 들어온 것은 전설의 접합 작용에 의한 것이라고 생각된다. 그 아득한 신화시기에 한참 후에나 등장하는 지백智伯이나 양梁 무제武帝가 사용한 수전水戰의 전설이 있었을 리는 없을 것이다. 홍수가 어떻게 일어난 일인지는 별개의 문제다. 그 참담한 경험은 인류의 기억 속에 매우 깊은 흔적을 남겼는데, 그 흔적은 뚜렷하여 쉽게 볼 수 있다. 그것이 이 전쟁이야기로 섞여 들어가게 된 것은 바로 그 전쟁의 격렬함을 나타내며, 자연재해와 인간이 만든 재해는 처참함의 정도에 상당하여 인류의 기억 속에서 접합 작용을 일으켰다.

이 이야기에서 전쟁이 차지하는 중요성이 홍수보다 높다는 것을 분명히 하기 위해 우리들은 다른 이야기를 끌어와 비교할 수 있다. 반호槃瓠를 받들어 제사 올리는 요족瑤族과 사족畲族이 비록 복희를 받들어 제사 올리는 묘족과는 다른 종족이지만, 같은 계열의 두 종족이라는 것에는 문제가 없다. 그리고 '반호'와 '복희'는 같은 소리가 변한 것으로 같은 근원에서 나왔음이 명확하며, 두 이야기 가운데 상통하는 점도 매우 많다. 이 문제들은 뒤에 다시 상세히 토론하겠다.

지금 거론하고자 하는 것은 반호이야기 가운데 홍수가 전혀 없으며,

오히려 전쟁이 이야기의 매우 중요한 성분이라는 점이다. 이것은 또한 복희 이야기에도 반영된다. 홍수는 본래 전쟁에 포함된 일부가 아니고, 또 다른 하나의 독립된 사실로서 전쟁과 우연히 마주쳐서 풀리지 않는 인연을 맺게 된 것이다. 바꿔 말하면, 전쟁이 발생한 것은 아마도 묘족과 요족, 사족이 분리하여 살게 되기 이전 시기이며, 따라서 두 민족의 전설 가운데 모두 이 사건의 기억이 보존된 것이다. 홍수는 이미 갈라져 나와 살게 된 후의 묘족만이 갖고 있는 경험으로, 묘족 전설에만 보이며 요족과 사족의 전설에서는 보이지 않는다.

고대 민족은 대부분 강가에 살았으며, 이른바 홍수라는 것은 강물의 범람을 가리키는 것 같다. 사람들이 홍수에 대처한 수단은 대체로 세 가지로 나눌 수 있다.

① 최초의 방법은 '구릉을 택하여 그곳에 거처하는 것'이며, 그 태도는 소극적이고 도피적인 것이었다. 소극적인 중에도 조금 적극적인 경우는 이렇다. 물에서 너무 멀리 떨어진 높은 곳은 살기에 불편하고, 물에서 가까운 구릉은 충분히 높지 않은 경우, 더 멀리 있는 높은 곳의 흙을 패다가 충분히 높지 않은 곳을 메워 더 높게 만드는 것이다. 이것이 이른바 "높은 산을 허물어 낮은 땅을 돋우는 것(墮高堙庫)"이다.

② 그다음의 방법은 둑을 쌓아 막는 것으로, 초보적으로 또는 정식으로 둑을 쌓는 것이다.

③ 그다음은 물길을 트는 방법이다. 물길을 막는 방법은 예전부터

있었지만 물길을 트는 방법을 발명한 것은 가장 늦다는 점에 대해서는 이론의 여지가 없다.

둑을 쌓아 막는 것의 기원은 그렇게 이르지는 않다. 『곡량전穀梁傳』 희공僖公 9년에서 제齊 환공桓公이 규구葵丘의 회맹會盟(기원전 651)[7]을 할 때 "샘을 막지 말라(毋雍川)"고 말한 것이 가장 이른 기록인 것 같다. 백 년 후 주周나라에서는 "영왕 22년(기원전 550년) 곡수와 낙수가 왕궁을 허물려 하자 왕이 그것을 막고자 하였다(靈王二十二年, 谷洛斗, 將毁王宮, 王欲雍之)."(「주어」, 하) 태자 진晉은 둑을 막는 것의 해로운 점에 대해 대대적으로 이야기한다. 아마도 춘추시대 중엽 이후 둑을 쌓아 막는 일은 이미 성행하였던 것 같다. 그런데 농업발전과 토지개간의 상황으로 미루어보건대 "샘을 막는(雍泉)" 것이 이 시기에 성행하였다고 보는 것이 더 합리적이다. 더 이른 시기에는 불가능하다. 신화가 처음 발생하였을 때 사람들이 이미 "샘을 막는" 방법을 알고 있었고, 그래서 공공이 이미 이 방법을 실행하였다고 하는 것은 오히려 대단히 상상하기 어려운 일이다.

7　【역주】규구는 지금의 산동성山東省 동명현東明縣에 위치하고 있었다. 기원전 651년 여름, 춘추시대의 첫 번째 패자인 제 환공은 이곳에서 제후들과 회합을 갖고, 그해 가을에 다시 동맹 의식을 치르면서 패자가 되었음을 공인받았다. 『국어國語』 「제어齊語」의 기록을 보면 환공이 규구의 회맹을 포함해 전차를 이끌고 회맹에 참가했던 것이 여섯 번, 전차를 대동하지 않고 참가한 것이 세 번이었다. 이렇게 볼 때 회맹은 평화적·자발적 제후들의 모임이라기보다 압도적 무력을 갖춘 제후국의 요구에 의한 모임이었다고 할 수 있으며, 이는 천자의 나라인 주나라 입장에서는 매우 무례한 행사였다고 할 수 있다. 하지만 회맹에서 주나라는 여전히 상징적 역할을 담당하여, 새롭게 패자가 된 제후는 주나라를 지지하고 보호할 것을 선언하였고, 제후국의 군주들은 패자를 절대적으로 지지할 것임을 조상신들에게 제물을 바치며 맹세하였다. 또한 주나라 왕실로부터 제 환공이 패자임을 공식적으로 인정받았다.

옛 문헌에서 공공과 홍수를 이야기한 것으로는 아래와 같이 여러 가지가 있다.

공공이 바야흐로 나무울타리를 친 공로가 있으나 (…중략…) 물이 넘쳐 하늘에까지 이르렀습니다.
共工方鳩僝(栫)功 (…중략…) 象(滻)恭(洪)滔天.

—『상서』「요전堯典」

옛날 공공씨가 (…중략…) 온갖 강물에 둑을 쌓아 막아놓고 높은 곳을 허물어 낮은 곳을 메우며 천하를 해롭게 하였다.
昔共工氏 (…중략…) 欲壅防百川, 墮高堙庳, 以害天下.

—「주어周語」 하下

공공이 홍수를 일으켜 공상에까지 물이 이르렀다.
共工振滔洪水, 以薄空桑.

—『회남자』「본경훈本經訓」

「요전」의 "상홍도천滻洪滔天"이 『회남자』의 "진도홍수振滔洪水", 즉 "홍수를 일으켰다"는 뜻임은 앞에서 자세히 밝혔다. 그러나 이것은 홍수를 일으켰다는 것을 이야기하는 것이지, 어떻게 일으켰는가 하는 방법에 대해서는 이야기하지 않았다.

"높은 산을 허물어 낮은 땅을 돋우는 것"은 공공시대에도 가능했으리라는 가정에는 대체로 별 문제가 없을 것이다. 「요전」의 "방구잔공方

鳩僝功”이라는 구절에서 잔僝(chan)은 마땅히 (울타리를 친다는 뜻의) 천栫(jian)으로 읽어야 한다. 『설문』에서는 이것을 “잡목으로 막는 것(以柴木壅)”이라고 해석하였는데, 이것이 바로 「주어」에서 “온갖 강물을 둑을 쌓아 막아놓았다”라고 한 것이다. 만약 앞에서 우리가 판단한 것이 틀리지 않다면 ‘샘을 막는’ 방법은 춘추시대에 이르러서야 비로소 성행하기 시작하였으며, 그렇다면 전설 속의 공공이 온갖 강물을 둑으로 막았다는 부분은 또한 춘추시대에 생겨났을 가능성이 있다. 본래「주어」의 “공공씨가 온갖 강물을 둑으로 막고자 했다”는 말은 바로 태자 진晉의 입에서 나온 말이며, 또 “공공이 바야흐로 나무울타리를 쳤다”고 한「요전」은 어떤 이는 전국시대의 작품이라고 하지만 꼭 그렇다고 볼 수는 없다. 하지만 아무리 빨라도 춘추시대 이전으로 넘어갈 수는 없을 것이다.

요컨대 우리들은 홍수전설이 매우 이르고 공공이 홍수를 일으켰으며, 더군다나 온갖 강물을 둑으로 막는 방법으로 홍수를 일으킨 것은 이른 시기일 이유가 없다고 믿는다. 공공이 홍수를 일으킨 전설은 아주 이를 수가 없으며, 바로 전욱과 공공의 전쟁 이야기 가운데 홍수부분은 비교적 나중에 덧붙여진 것이라는 사실은 더 말하지 않아도 분명하다.

4장 │ 한족漢族과 묘족苗族의 종족관계

앞에서 우리는 이미 복희와 여와가 확실히 묘족의 조상이라는 것을 증명하였다. 우리들은 다시 그 복희씨로 불리는 씨족이 혹시 서주西周 포국褒國의 후예 가운데 남쪽으로 이동해간 사람들이 아닌가 생각해 보자. 포나라는 사성姒姓의 나라이고 하우夏禹의 후예로, 복희씨의 족속과 하후씨夏后氏는 서로 가깝다. 복희와 용의 관계는 의심할 바 없는 사실이다. 하夏와 용의 관계는 아래의 사실들로 증명되며, 문제가 되지 않는 것으로 보인다.

①「해내경海內經」 주에서 『귀장歸藏』「계서啓筮」을 인용하여 "곤이 죽고 삼 년이 지나도록 썩지 않아 오도로 갈라보니 황룡으로 변해 있었다(鯀死三歲不腐, 剖之以吳刀, 化爲黃龍)"고 하였으며, 『초학기初學記』 22와 『노사路史』「후기後紀」 12 주注에서는 "황룡으로 변해 있었다(化爲黃龍)"는 구절을 인용하며 "이렇게 하여 우가 태어났다(是用出禹)"고 하였다.

② 「천문天問」의 "응룡이 어떻게 금을 그었는가? 강과 바다는 어떻게 흘렀는가?(應龍何畫? 河海何歷)"라는 구절에 대해 왕일王逸은 주에서 이렇게 말했다.

> 우가 홍수를 다스릴 때 신룡이 꼬리로 땅에 금을 그어 물길이 흘러갈 곳을 알려 주어 그에 따라 물길을 터서 홍수를 다스릴 수 있었다.
> 禹治洪水時, 有神龍以尾畫地, 導水所注, 當決者, 因而治之也.

사실 우가 치수하는 것을 도운 용은 본래 우 자신이었는데 후대의 전설에서 비로소 둘로 나누어졌다.

③ 옛날의 '우禹'자는 𥚃로 썼는데, ㄷ(虫)과 ㄱ(手)으로 이루어졌으며 잡는다는 뜻이다. '충虫'은 옛날에 '훼虺'자로 용과 같은 종류이다.

④ 하나라 왕이 용을 탔다는 이야기가 많다.

A. 『태평어람太平御覽』96에서 『괄지도括地圖』를 인용하여 "하후의 덕이 흥성하자 두 마리 용이 내려왔다. 우가 범씨에게 용을 부리게 하여 그것을 탔다(夏后德盛, 二龍降之. 禹使范氏御之以行)"고 하였다. (『박물지博物志』8, 돈황구초敦煌舊抄 『서응도瑞應圖』에서 『신령기神靈記』를 인용한 것도 이와 대체로 같다.)

B. 「해외서경海外西經」에서는 "하후계가 여기에서 구대를 추고 두 마리 용을 탔다(夏后啓於此儛九代, 乘兩龍)"라고 하였다. 「대황서경大荒西經」에서 "어떤 사람은 양쪽 귀에 푸른 뱀을 걸고, 두 마리 용을

타고 있으며 이름을 하후 개라고 한다(有人珥兩靑蛇, 乘兩龍, 名曰夏后開)"고 하였는데, 주에서『귀장정모경歸藏鄭母經』을 인용하여 "하후 계가 비룡을 타고 하늘로 오르는 것에 대해 시초점을 쳤는데 점괘에 길하다고 나왔다(夏后啓筮御飛龍登于天, 吉)"고 하였다.

C. 『좌전左傳』소공昭公 29년에 "상제께서 공갑에게 타고 다닐 용을 하사하셨는데 하수와 한수에 각각 두 마리였다(帝賜之(孔甲)乘龍, 河漢各二)"고 하였다.

⑤ 『사기史記』「봉선서封禪書」에서 "하나라가 목덕을 얻으니, 청룡이 교외에 머물었다(夏得木德, 靑龍止於郊)"라고 하였다.

복희씨와 하후씨는 모두 용과 이렇게 밀접한 관계가 있으니, 나는 이 둘이 최초에는 같은 용 토템의 종족이 아니었을까 생각한다. 나중에 토템사회가 씨족사회로 변하여, 이 종족이 몇몇 씨족으로 분화되었으니, 복희씨와 하후씨는 바로 그중의 두 갈래인 것이다. 이미 두 개의 분리된 씨족은 각자 성姓을 갖게 되었는데, 복희씨는 풍風성이었고, 하후씨는 사姒성이었다. 포褒 또한 사姒성국으로 본래 용 토템의 후예였고, 그러므로 역시 선군先君인 두 마리 용에 대한 전설이 있었던 것이다.

한족이 전하는 공공은 묘족의 뇌신에 상당하다는 것 또한 앞에서 증명하였다. 공공은 뇌신에 상당하며, 바로 공공의 적수는 뇌신의 적수에 상당한다고 할 수 있다. 뇌신의 적수는 복희이다. 공공의 적수에 대해서는 한족의 전적에서 전하는 것에 근거하면 아래와 같은 각종 견해가 있다.

① 제곡帝嚳 고신씨高辛氏

옛날에 공공이 (…중략…) 고신씨와 제위를 놓고 싸웠다.

昔共工 (…중략…) 與高辛爭爲帝.

—『회남자淮南子』「원도훈原道訓」

공공씨가 난을 일으켜, 제곡이 중・려에게 명하여 주살하게 하였는데 완전히 죽이지 못하였다.

共工氏作亂, 帝嚳使重黎誅之而不盡.

—『사기史記』「초세가楚世家」

② 전욱顓頊

옛날에 공공이 전욱과 제위를 다투었다.

昔者共工與顓頊爭爲帝.

—『회남자』「천문훈天文訓」

전욱이 일찍이 공공과 싸웠다.

顓頊嘗與共工爭矣.

—『회남자』「병략훈兵略訓」

전욱은 공공과의 싸움으로 물과 땅을 평정시켰다.

顓頊有共工之陣以平水土.

―『사기』「율서律書」

옛날에 공공의 신하 부유가 전욱에게 패하였다.

昔者共工之卿浮游敗於顓項.

―『급총쇄어汲冢瑣語』

③ 제요帝堯 도당씨陶唐氏

요임금이 (…중략…) 또 군사를 일으켜 공공을 유주[1]의 도성에서 주살하였다.

堯 (…중략…) 又擧兵而誅共工於幽州之都.

―『한비자韓非子』 외편外篇 「저설儲說」 좌상左上

옛날에 공공이 스스로 거만하게 굴어 (…중략…) 요임금이 그를 쳐서, 공공이 망하였다.

昔有共工自賢 (…중략…) 唐氏伐之, 共工以亡.

―『주서周書』「사기史記」

요임금은 (…중략…) 공공을 유주에 유배시켜 북적을 변화시켰다.

帝堯 (…중략…) 流共工於幽州, 以變北狄.

---

1 【역주】 유주幽州는 고대 구주九州 중의 하나로 대체로 오늘날의 하북성河北省 북부와 요녕성遼寧省 일대에 해당한다.

— 『대대례기大戴禮記』 「오제덕五帝德」

④ 제순帝舜

순임금은 (…중략…) 공공을 유주로 유배시켰다.

舜 (…중략…) 流共工於幽州.

— 『상서尚書』 「요전堯典」

순임금 때 공공이 홍수를 일으켜 물이 공상에까지 차올랐다.

舜之時, 共工振滔洪水.

— 『회남자』 「본경훈本經訓」

⑤ 우禹

우가 공공을 정벌했다.

禹伐共工.

— 『순자荀子』 「의병議兵」 (「진책秦策」과 같음)

우에게 공이 있었으니, 아래로 홍수를 막고, 백성들에게서 해악을 제거
하고 공공을 쫓아냈다.

禹有功, 抑下鴻(洪), 辟除民害逐共工.

— 『순자荀子』 「성상成相」

서북해 밖에 (…중략…) 우가 공공을 공격한 산이 있다.

西北海之外 (…중략…) 有禹攻共工之山.

— 「대황서경大荒西經」

공공의 신하는 상류씨라고 하는데 (…중략…) 우가 상류를 죽였다.

共工之臣曰相柳氏 (…중략…) 禹殺相柳.

— 「해외북경海外北經」

(「대황북경」에서는 상요相繇라고 썼다.)

　　제곡을 제외한 나머지 이야기들은 모두 통할 수 있다. 순이 공공을 유배 보낸 것은 「요전」에 근거하면, 본래 순이 선양을 받은 후 요가 죽기 전이므로, 공공은 요가 유배 보낸 것이라고도 말할 수 있다. 만약 『한비자』에 의거하여 요가 순에게 선양하여, 공공이 공평치 못하다고 여기어 요가 그를 쫓아 유배 보낸 것이라면, 공공을 유배 보낸 것은 바로 당우가 선양하던 사이이며, 그 책임을 진 사람에 대해서는 요와 순이라는 두 가지 설이 더욱 가능해진다. 「주서」의 견해는 『한비자』와 같으며, 대략 비교적 정확하다. 공공을 유배 보낸 일은 이렇게 볼 수 있으며, 사흉四凶가운데 그 나머지 삼흉에 관하여서는 유추해볼 수 있다. 사흉을 이야기하면, 한 가지 매우 흥미로운 현상이 있는데, 그것은 바로 세상 사람들이 익히 알고 있는 요(또는 순)가 사흉을 없앴을 뿐만 아니라 전욱과 우도 같은 사적을 가지고 있다는 점이다. 아래 나누어 그 증거를 들어보겠다.

① 삼묘三苗

『묵자墨子』「비공非攻 · 하下」에 이르기를

> 옛날 삼묘대란이 일어나자, 천명이 그들을 없애고자 하였다. (…중략…)
> 고양씨가 이에 현궁에서 우에게 명하여 (…중략…) 유묘를 정벌하게 하였다.
> 昔者三苗大亂, 天命殱之. (…중략…) 高陽乃命禹於玄宮 (…중략…) 以征
> 有苗.

그렇다면 삼묘를 토벌한 것은 전욱의 명령이었으며, 우가 그것을 집행한 것이다. 그 밖의 다른 책에서도 우가 유묘를 토벌했다고 하는 것은 매우 많지만 다 거론하지는 않겠다. 요컨대 삼묘를 토벌한 이 일에 있어서 전욱과 우 모두 나름대로 역할을 담당했다.

② 곤鮌

「대황서경」 주에서 『죽서기년竹書紀年』을 인용해 이렇게 말했다.

> 전욱이 백곤을 낳으니 이것이 바로 약양이다.
> 顓頊産伯鮌, 是維若陽.

『세본世本』 및 『대대례기』「제계帝系」에서 모두 "전욱이 곤을 낳았다(顓頊産鮌)"고 하였다. 『묵자墨子』「상현尙賢 · 중中」에서는 이렇게 말했다.

> 옛날에 백곤은 제의 맏아들이었는데, 그 아버지의 덕을 폐하여 그에게

형벌을 내렸다.

昔者伯鯀, 帝之元子, 廢帝之德庸, 旣乃刑之.

5장 | 복희伏羲와 조롱박

1. 홍수와 인류창조이야기에서 조롱박

중국 서남부(상서湘西·귀주貴州·광서廣西·운남雲南·서강西康을 포함)의 여러 소수민족과, 중국 밖으로 동쪽의 대만, 서쪽의 월남과 인도중부에도 모두 일종의 남매 혼인형 홍수유민 인류재창조 이야기(이하 '홍수 인류창조이야기'로 약칭)가 전해지고 있다. 그 모티브의 가장 전형적인 형식은 이러하다.

한 가장(아버지 혹은 형)이 있고, 그 집에는 사내아이와 계집아이(가장의 자녀이거나 혹은 그의 남동생과 누이동생)가 있다. 가장에 의해 갇힌 원수(흔히 가장의 형제이다)가 사내아이와 계집아이의 도움으로 탈출한 후, 홍수를 일으켜 가장에게 복수하지만, 사내아이와 계집아이에게는 특수한 수단을 미리 알려주어 재난을 면하게 한다. 홍수가 물러난 후 인류가 완전히 사라지고 사내아이와 계집아이 둘만 남아, 그들은 곧 오빠와 누이(혹은 누이와 남동생)끼리 부부가 되어 인류를 다시 생산한다.

이 이야기는 원시적 지혜의 보고이며 원시적 생활경험의 결정체로, 민족 전체의 슬픔과 기쁨을 함께 하며, 그들의 단결의식에 대한 기억을 강화시키기에 충분하다. 예컨대 이 이야기에는 인류의 기원, 천재지변의 경험, 그리고 민족의 원한관계 등이 모두 상징적으로 섞여 있다. 그 내용은 복잡다단하고 뒤섞인 주제를 담고 있는데, 그것이 유구한 시간의 누적을 통과하며 성장했기 때문이다. 그중 가장 중요한 테마는 의심할 것 없이 인류의 기원이고, 다음으로는 아마도 천재지변의 경험, 그다음으로는 민족의 원한 등이다. 본고에서는 이 중 인류의 기원이라는 주제만을 연구대상으로 할 것이고, 토론할 여러 문제들은 모두 이 점을 중심으로 할 것이다.

보통 이러한 이야기들을 '홍수이야기'라고 부르는데, 이 점은 사실 따져볼 필요가 있다. 우리는 앞에서 어떤 이야기의 사회적 기능과 교육적 의의는 민족단결의식을 강화시키는 데 있다는 점을 제시하였다. 그러므로 이야기 중에서 그 목적이 혈족유대의 인류기원을 증명하는 데 있는 이야기, 즉 인류창조전설이 사실상 이야기의 가장 기본적인 주제이고, 홍수는 단지 인류창조 사건의 특별한 배경으로 당연히 종속적 역할에 해당한다. 이런 관점에서 보자면 가장 타당한 명칭은 마땅히 '인류창조이야기'이고, 더 자세히 하자면 '홍수인류창조이야기'이며, 그 '홍수'라는 두 글자는 어느 정도 수식어의 의미를 지니는 것이다. 일반적으로 이러한 이야기 중 홍수 부분에만 주목하고 인류창조 부분을 소홀히 하는 경향이 있는 것은 사람들이 홍수라는 사건 자체의 극적 성격에 사로잡혀서가 아닌가 생각된다. 사실 이것은 우리들 문명사회의 관점이다. 원시인류는 결코 이야기를 하기 위해 이야기를 한 것이 아니다. 그들의 모든 행위에는 일종의 실용적 목적이 있었다.

인류창조가 전체 이야기의 핵심인 것처럼, 조롱박 또한 인류창조이야기의 핵심이다. 그러나 이야기 가운데 사람을 만드는 소재로 간주되는 조롱박에 대해 토론하기 전에, 우리는 우선 홍수를 피하는 도구로서 조롱박에 대해 이야기해야 하겠다.

49개 이야기의 내용을 분석하면(〈표 1〉 참고), 우리들은 이야기의 줄거리와 조롱박이 관계를 맺는 지점이 두 곳임을 알 수 있다. 하나는 조롱박이 물을 피하는 도구일 때이고, 다른 하나는 사람을 만드는 재료일 때이다. 원시전설 중에서는 표현이 합리적일수록 원시형태에서 더 거리가 멀게 마련이다. 그러므로 홍수를 피하는 도구 중에(〈표 2〉 참고) 조롱박과 그와 같은 종류인 박은 분명히 비교적 이른 시기의 표현이라고 생각된다. 그 외에 북, 통, 절구, 상자, 항아리, 침대 그리고 배 등은 더욱 합리적이므로 나중에 계속해서 수정된 결과가 아닐까 생각된다. 이 점을 우선 설명하고 나서, 사람을 만드는 소재에 대해 고찰해 보자.(〈표 3〉 참고) 그 1조(물건 속에 사람을 숨기고, 물건에서 사람으로 변하는)에는 여섯 가지 형식이 있다.

① 남녀가 조롱박속에서 나온다.

② 남녀가 박꽃 속에 앉아있었는데, 열매를 맺은 후 두 사람이 박속에 들어있게 된다.

③ 사람을 만들어 북안에 넣어두다.

④ 박씨가 남자로 변하고, 박속은 여자로 변하다.

⑤ 박을 갈라 조각으로 만들고, 박 조각이 사람으로 변하다.

⑥ 박씨를 뿌리니, 박씨가 사람으로 변하였다.

　　다섯 가지는 조롱박과 그것과 같은 종류인 박이고, 한 가지는 북인데, 내가 보기에 사람을 숨기기에는 조롱박이나 박에 비해 북이 더 합리적인 듯하다. 실상 그것이 합리적이라는 것은 그것이 잘못되었다는 것을 증명하기에 충분하며, 아마도 북 속에 사람을 숨긴다는 것은 그 자체로 잘못된 "북 속에서 홍수 피하기 설(鼓中避水說)"의 영향을 받아 발생한 잘못된 변화일 것이다. 그래서 우리들은 이 문제를 논할 때에 "사람을 만들어 북 속에 넣어두다"라는 조목을 제외시킬 수 있다고 본다. 또는 '고鼓(북)'자는 분명 '과瓜(박)'자가 잘못 전해진 것이라고 가늠해 본다. 이 점이 판명되어야, 우리는 나아가 사람을 만드는 소재의 전체적인 문제, 즉 사람을 만드는 소재와 조롱박의 관계를 논할 수 있다.

　　물을 피하는 공구와 마찬가지로 사람을 만드는 소재에 관한 표현은 상대적으로 괴이한 것과 상대적으로 평범한 것의 두 가지로 나눌 수 있다. 전자를 1조라고 부르고, 후자를 2조라고 부르자. 1조의 여섯 가지 형식은 위에서 이미 예를 들었으며, 지금은 2조를 두 가지로 나누어 아래에 예를 들겠다.

【제1류】 물건의 모습을 닮은 것

① 박을 닮은 것, ② 계란을 닮은 것, ③ 맷돌

【제2류】 사람의 모습을 이루지 못한 것

① 고기공, 고기 경단, 고기 덩어리, ② 손발(팔다리)이 없는 것, 머리와 꼬리가 없는 것, 이목구비(얼굴)가 없는 것, ③ 괴상한 태반, ④ 피 담는 그릇

제1류의 ③과 제2류의 ②는 엄격히 구분되지 않는다. 경우에 따라 '맷돌'을 이야기하다가, "팔다리가 없는" 종류를 이야기하기도 하므로 이러한 경우 그것들을 "팔다리가 없는" 항에 넣었다. 앞에서 말한, 합리적일수록 진면목을 잃게 된다는 원칙에 의하여, 이 2조안에서 조롱박과 멀어질수록 사람의 모습에 가까워지는 각종형식 또한 나중에 생겨난 합리화의 관념형태일 것이라고 생각된다. 가장 이른 시기의 전설은 단지 사람이 조롱박 속에서 나왔거나 또는 조롱박이 변하여 사람이 되었다는 것이다. 팔채흑묘八寨黑苗(7)와 단군흑묘短裙黑苗(8)는 어린 사내아이와 계집아이가 바위알에서 나왔다고 이야기한다. 또한 묘족을 낳은 것은 알이나(15) 흰 알(17) 또는 나비의 알(18)이라는 이야기도 있다. 최초의 전설은 모두 인류가 자연물로부터 변하여 나온 것이지 사람이 낳은 것이 아니라고 여겼음을 보여준다. 그리고 알과 조롱박의 모습은 서로 비슷하니, 알에서 태어났다는 것은 아마도 조롱박에서 태어났다는 것의 변화된 표현일 것이다. 물을 피하는 도구 중에서 표주박은 또한 사람을 만드는 소재로서의 조롱박을 답습한 것이다. 사람을 만드는 것과 홍수는 본래 각각의 이야기였을 것이다. 〈생묘기원가生苗起源歌〉(16, 17, 18)에서는 사람을 만드는 것만 이야기하고 홍수는 언급하지 않아, 전설의 원시형태(생묘는 진화과정 중에서 가장 낙후된 민족이다)를 아직 보존하고 있는 것 같다. 우리는 인류창조이야기가 당연히 먼저

전통의상을 입은 단군묘족短裙苗族의 여인들

귀주성의 묘족들의 복식은 매우 화려하며 은으로 된 장신구를 많이 착용한다. 머리위에 묘족들이 조상으로 모시는 치우蚩尤의 머리에 난 뿔을 연상시키는 장식과 햇살 장식 등이 눈에 띈다. 『복희고』의 마지막 장에 등장하기도 하는 단군묘족은 말 그대로 '짧은 치마를 입은 묘족'이라는 뜻으로 묘족의 한 지파이다. 사진에서 보는 것처럼 짧은 치마를 입고 있다.

발생하였으며, 홍수부분은 나중에 접합된 것이고, 홍수이야기 중에는 본래 조롱박이 없었으며, 조롱박은 인류창조이야기의 유기적 부분으로 인류창조이야기가 홍수이야기를 겸병하는 과정에서 조롱박이 둘 사이를 오가며 교묘하게 두 이야기를 잇는 연결고리가 되었으리라 생각한다. 요컨대 사람을 만드는 소재로서의 조롱박이 없었으면, 물을 피하는 공구로서의 조롱박도 없었으며, 인류창조 테마는 홍수보다 더 중요하며, 조롱박은 인류창조이야기의 핵심이 된다.

2. 복희·여와女媧와 포호匏瓠의 어음관계

이상의 모든 논의는 순전히 이론적인 가설이며, 최후의 판단은 당연히 더욱 다양하고 더욱 정밀한 민속조사자료가 나올 때까지 기다려야 할 것이다. 하지만 그러한 자료는 아쉽게도 현재 우리들에게는 하나도 없는 듯하다. 그러나 민속조사자료가 없다고 지금 우리가 이 제목으로 전혀 할 말이 없는 것은 아니다.

이상 각각의 예를 종합하여 보면, 복희·여와가 바로 조롱박의 화신이라는 생각이 든다. 혹자는 민간설화의 표현을 따다가 한 쌍의 조롱박 정령이라고 말한다. 따라서 나는 복희·여와라는 두 이름의 의의에 주목하였다. 내 연구의 결과는 '복희', '여와'가 실제로 조롱박이라는 것이다.

복伏자는 『역易』 「계사전繫辭傳」 하下에서 포包로 쓰였고, 포包와 포匏의 음은 가까워 옛날에는 서로 통했다. 『역』 「구姤」 구오九五에서 "이기포과以杞包瓜"[1]라는 구절을, 『경전석문經典釋文』에서는 「자하전子夏傳」

및『주역정의周易正義』를 인용하여 포包를 포匏로 썼다.『역』「태泰」구이九二에서 "박을 비워 강을 건너는데 멀리 버려두지 않는다(包荒, 用馮河, 不遐遺)"[2]라 하였는데, 포包는 또한 마땅히 포匏로 읽어야 함을 증명할 수 있다. 포匏와 호瓠는『설문』에서 서로 그 뜻을 설명하는데 쓰였으며, 옛 문헌에서 또한 통용되었고 지금의 조롱박(葫蘆)을 뜻한다. 희羲는 희戱라고도 하는데,『광아廣雅』「석기釋器」에 "호, 려, 등, 희는 박이다(瓠, 螽, 瓞, 瓤, 瓢也)"라고 하였으며,『일체경음의一切經音義』18에서는 瓤로 쓰면서, 음은 희羲라고 하였다. 왕념손王念孫은 瓤와 瓤는 같으며, 곧 犧자라고 말했다(『장자莊子』「인간세人間世」·「대종사大宗師」·「전자방田子方」,『관자管子』「경중무輕重戊」,『순자荀子』「성상成相」,『조책趙策』4). 혹은 瓲로 쓰였는데(『월령月令』「석문釋文」), 그 원래 글자는 바로 瓤이다.『집운集韻』에서 瓤는 '허의절虛宜切'[3]이며, 음은 희犧이며, 뜻을 "호는 표주박이다(瓠, 瓢也)"라고 하여, 지금의 표주박(葫蘆瓢)으로 해석하였다. 또 犧·犧·橫 세 글자가 있는데, 분명히 희瓤의 별체이다.

  례(표주박)을 진·초·송·위 지역에서는 단이나, 희, 표라고도 부른다.

  騒, 陳·楚·宋·魏之間或謂之簞, 或謂之犧, 或謂之瓢.

—『방언方言』2

---

1 【역주】일반적으로는 '기杞로써 과瓜를 감싼다'로 해석하지만, 이어지는 '含章'까지 한 문장으로 보아 '구기자와 조롱박으로 아름다움을 머금었다(以杞包瓜含章)'라고 해석하기도 한다.
2 【역주】이 역시 '포包'를 동사로 보아 '거친 것을 포용한다'고 해석하기도 한다.
3 【역주】이것은 고대에 한자음을 표기하던 반절법反切法으로 瓤의 음을 표시한 것이다. 예컨대 '동東'자의 자음과 모음은 'ㄷ'과 '옹'이 된다. 그것을 반절법으로 표시하면 "동, 덕홍절東, 德紅切"이다. 즉 '東dong'자는 'de'의 'd'과 'hong'의 'ong'을 합쳐 발음한다는 뜻이 된다.

호는 작이다. 오늘날 강동 지역[4]에서는 희라고 통칭한다.

瓠, 勺也, 今江東通呼爲㰩. 㰩音義.

— 위 인용문에 대한 곽박郭璞의 주

희는 표(국자)이다.

㰩, 杓也.

— 『옥편玉篇』 「목부木部」

남쪽에서는 표희라고 부르고, 촉 지역 사람들은 려희라고 말한다.

南曰瓢㰩, 蜀人言蠡㰩."

— 『일체경음의一切經音義』 18

희는 려(례)이고, 희로도 쓴다.

㰩, 蠡(蠡)也, 或作㰠.

— 『집운集韻』 「오지五支」

진 영가 연간에 여요사람 우홍이 폭포산에 들어가 차 싹을 따다가 한 도
사를 만났다. 도사가 말했다. "나는 단구자인데 그대에게 부탁하니 다른 날
구희甌㰩 남는 것이 있으면 서로 남겨주길 바란다."

晉永嘉中, 餘姚人虞洪, 入瀑布山采茗, 遇一道士. 云, "吾丹丘子, 祁子他

---

4 【역주】 강동은 장강長江 동쪽, 즉 장강 하류 지역을 지칭하며 대체로 삼국三國시대 오吳나
라가 통치하던 지역을 가리킨다.

日甌犧之餘, 乞相遺也."

— 육우陸羽 『다경茶經』에서 인용한 『신이기神異記』

『다경』에서는 "희는 나무 국자이다"라고 했다. 또한 "표는 희표라고도 하는데 조롱박을 쪼개서 만들거나 나무를 깎아 만든다"라고 했다.

案『茶經』曰, "犧, 木杓也." 又曰, "瓢一曰犧杓, 剖瓠爲之, 或刊木爲之."

희는 표(국자)이다.

桸, 杓也. (『유편類篇』희桸는 희犧로도 쓴다.)

—『설문說文』「목부木部」

복희伏羲의 글자로는 또한 '희羲', '희戲', '희希'의 세 가지가 있다. 희羲와 희戲는 자주 보이지만, 희希는 『노사路史』「후기後紀」 2에서 『풍속통의風俗通義』을 인용한 주에만 보인다(여와女媧는 여희女希라고 쓰기도 하는데, 『초학기初學記』 9에서 『제왕세기帝王世紀』 및 『사기史記』 「보삼황본기補三皇本紀」를 인용한 것에 보인다). 나는 포包와 희戲는 모두 비교적 옛날의 표기법이라고 생각한다. 포희包戲를 포희匏瓤(犧犧桸)로 읽는다면 오늘날 말하는 표주박(葫蘆瓢)이다. 그러나 희戲는 옛날에 호乎처럼 읽었으며, 포匏와 음이 같았다. 만약 포희包戲를 포호匏瓠로 읽는다면, 그 뜻은 조롱박이다. 이미 쪼갠 조롱박을 표주박(瓢瓤)이라고 하며, 아직 가르지 않은 것을 조롱박(葫蘆)이라고 하는데, 옛 사람들은 이 둘을 자세히 구분하지 않은 것 같다. 이것은 호瓠(조롱박)와 희瓤(표주박)의 상고음이 완전히 같은 것을 보면 알 수 있다.

여와女媧의 와媧는 「대황서경大荒西經」의 주,『한서漢書』「고금인표古今人表」의 주,『열자列子』「황제편黃帝篇」의 석문釋門,『광운廣韻』,『집운』에서 모두 음이 과瓜이다.『노사』「후기」 2의 주에서『당문집唐文集』을 인용하여 여와를 "포와(炮媧)"라고 불렀으며, 음으로 따져보면 사실 포과炮瓜(조롱박)라고 하였다. 포희와 포와, 포호와 포과 모두 한 가지 말이 변화한 것이다(포희包戲는 변하여 복희伏羲가 되었고, 여와女媧가 변하여 여희女希가 되었으니, 또한 희戲와 와媧 두 음 역시 서로 돌려 쓸 수 있음을 알 수 있다). 그렇다면 복희와 여와는 이름은 다르지만, 뜻은 사실 하나이다. 두 사람은 본래 모두 조롱박(葫蘆)의 화신을 일컫는 것인데 오직 성별만 다른 것이다. 그 음성陰性을 일컬어 '여와女媧'라 하였고, 이것은 '여포희女炮瓠', '여복희女伏羲'라고 말하는 것과 같다.

묘족苗族의 전설에서는 호박(南瓜)을 복희·여와의 2세라고 했다. 한족漢族은 박(瓜)을 복희·여와 자신으로 보아서 묘족과는 부모가 자식의 자리가 바뀌었는데, 이는 신화전설에서 흔히 나타나는 현상이다. 이것이 결코 묘족의 복희와 복희 누이가 곧 한족의 복희·여와라는 사실을 해치지는 않는다.

시조를 왜 조롱박의 화신이라고 했는가에 관해서, 나는 박 종류가 씨가 많아서 자손 번성의 가장 적절한 상징이었기 때문에 거기에 비유한 것이라고 생각한다.『개원점경開元占經』[5] 65「석씨중관점石氏中官占」

5　【역주】『개원점경』은 중국고대의 천문학저작이다. 원제는『대당개원점경大唐開元占經』이며, 청나라 사람들은『당개원점경』이라고도 불렀다. 저자는 구담실달瞿曇悉達이라고 하며, 책이 쓰인 시기는 718~726년 사이이다. 당대 이후로『개원점경』은 한 번 사라졌다가 다행히 명나라 말에 다시 발견되어 전해지게 되었다. 총 120권이고 당 이전의 천문, 역법 자료와 緯書들의 내용을 많이 보존하고 있으며, 16가지 역법과 관련 기년紀年 등 기

에서 인용한 『황제점黃帝占』에서는 이렇게 말했다.

> 포과성은 후궁을 주관한다.
>
> 匏瓜星主後宮.
>
> 포과성이 밝으면 (…중략…) 후궁에게 자손이 많이 생기고, 포과성이 밝지 않으면 후궁이 세력을 잃는다.
>
> 匏瓜星明, 則 (…중략…) 後宮多子孫, 星不明, 後失勢.

같은 책에서 『성관제星官制』를 인용하여 "포과는 천과이다. 성품에 있어서 글에 밝으면 자손이 있으니, 그 미덕이 이 안에 다 갖춰져 있다(匏瓜, 天瓜也. 性內文明而有子, 美盡在內)"라고 하였으며, 『시경詩經』「대아大雅·면綿」에서는 "길게 뻗은 오이 덩굴(綿綿瓜瓞)"을 "인간이 처음 생겨난(民之初生)" 발단이라고 하였는데 그 뜻이 바로 이와 같다.

이런 결론에 근거하면 아래 몇 가지 작은 문제들도 함께 해결할 수 있다.

① 여와가 생황을 만들었다.

고대의 생황(笙)은 조롱박으로 만들었다. 『백호통白虎通』「예악禮樂」에서 "조롱박을 일컬어 생황이라 한다(瓠曰笙)"라고 하였다. 묘족 사람들도 조롱박으로 생황을 만드는데, 유순劉恂의 『영표록이嶺表錄異』와 주

본적인 자료들을 소개하였다.

보朱輔의『계만총소溪蠻叢笑』에도 보인다. 여와 자신은 조롱박의 화신이었으므로, "여와가 생황을 만들었다"고 전해진 것이다. 『예기禮記』「명당위明堂位」에 기록된 "여와의 생황(女媧之笙簧)"에 대한 주에는 『세본世本』을 인용하여 "여와가 생황을 만들었다(女媧作笙簧)"라고 말하였다.

② 복희는 목덕으로 왕이 되었다.

조롱박은 초목의 종류이며 복희는 조롱박의 화신이므로 복희는 목덕이라고 말한 것이다. 조식曹植[6]의 「포희화찬庖犧畵贊」에서는 "목덕이고 풍성이다(木德, 風姓)"이라고 하였으며, 송균宋均[7]의 『춘추내사春秋內事』에서 "복희씨가 목덕으로 왕이 되었다(伏羲以木德王)"라고 하였으며, 『태평어람』78에서 『제왕세기』를 인용하여 "태호 포희씨는 (…중략…) 처음으로 목에 덕을 두고, 뭇왕의 으뜸이 되었다(太昊庖犧氏, (…중략…) 首德于木, 爲百王先)"고 하였다.

윗글에 근거하면 복희伏羲와 반호槃瓠는 다른 계열에 속하지만 자세

---

6 【역주】 조식曹植(192~232)은 삼국시대 위魏나라 패국沛國 초현譙縣 사람으로 자는 자건子建이고, 조조曹操의 아들이다. 일찍부터 조숙하고 글재주가 있었다고 한다. 어려서부터 조조의 사랑을 받아 건안建安 16년(211) 평원후平原侯에 봉해지고, 19년(214) 임치후臨淄侯에 봉해지기도 했다. 하지만 형인 조비曹丕가 황제가 되었으니 바로 위 문제文帝이다. 조식은 이후에도 황초黃初 3년(222) 견성왕鄄城王에 봉해지고, 이듬해 옹구왕雍丘王에 봉해지기도 했지만 그의 뛰어난 재주와 인품을 싫어한 문제의 시기를 받아 해마다 봉지를 옮겨야 했고, 엄격한 감시 아래 신변의 위험을 느끼며 불우한 나날을 보내야 했다. 시문을 잘 지어 조조, 조비와 함께 '삼조三曹'로 불린다. 약 80여 수의 시가 전하고, 사부辭賦나 산문도 40여 편 남아 있다. 「칠보시七步詩」로 유명하며, 송나라 때는 『조자건집曹子建集』이 나왔다.
7 【역주】 송균宋均은 동한 남양南陽 안중安衆(지금의 하남성 남양) 사람으로 자는 숙상叔庠이다. 『시경詩經』과 『예기禮記』에 능통했고, 진양장辰陽長과 하내태수河內太守 등을 지냈다. 진양장으로 있을 때 학교를 세워 그 지역의 경학을 활성화 시키는 데 크게 기여했다.

히 분석하면, 둘은 여전히 같은 근원에서 나온 것이다. '반호槃瓠'의 이름에도 호瓠자가 있고, 『위략魏略』등에서는 고치가 아직 변태하지 않았을 때에 "부인이 표주박(瓠)속을 채워 쟁반(槃)으로 덮었다(婦人盛瓠中, 覆之以槃)"는 말이 있으니 표주박(瓠) 역시 이 이야기의 모티프의 하나임을 알 수 있다. 실상 반槃은 곧 표주박(匏)을 가른 것으로, '반호槃瓠'는 표호匏瓠(표주박)와 같은 한 낱말이다. 즉 '반호槃瓠'와 '포희包羲'의 글자는 다르지만 소리와 뜻은 같다. 처음에 한 사람이 두 민족의 공동의 시조가 되었고, 공동의 시조였으므로 동성同姓이다. 옛 설에는 복희·여와의 성이 풍風이라고 하며, 『고금도서집성古今圖書集成』8 「사민조사기畲民調査記」 및 〈구황가狗皇歌〉9에서는 성이 반槃이라고 한다. 풍風은 소리 부분이 범凡인데, 옛 글자는 ㅂ로 썼다. 반槃의 뜻 부분은 반般이고, 옛 글자는 ㅆ로 썼는데 소리 부분이 또한 ㅂ이다. 그런 즉 풍風과 반槃도 같은 성이다.

갑골문의 ㅃ은 간혹 조鳥 부분을 생략하고 ㅂ으로만 쓴다. 옛 기물로

8　【역주】『고금도서집성古今圖書集成』은 총 1만 권이고 목록이 40권이며, 청나라 강희康熙 연간에 복건福建 후관侯官 사람 진몽뢰陳夢雷(1650~1741)가 편집한 유서類書이다. 이 책을 편찬하는데에는 28년이 걸렸다. 강희제 때 시작하여 옹정제雍正帝 때의 장정석蔣廷錫이 이어받아 1725년에 완성하였다. 천문을 기록한 역상휘편曆象彙篇, 지리와 풍속을 기록한 방여휘편方輿彙篇, 제왕과 백관에 대한 명륜휘편明倫彙篇, 의학과 종교 등에 대한 박물휘편博物彙篇, 문학 등에 대한 이학휘편理學彙篇, 과거·음악·군사 등에 대한 경제휘편經濟彙篇의 총 6편으로 구성되었고, 다시 32전典, 6,109부로 나뉜다. 각 부는 휘고彙考·총론·도표·열전列傳·예문藝文·선구選句·기사紀事·잡록雜錄 등으로 구분된다. 현존하는 유서 중 규모도 최대이고, 자료도 가장 풍부하다.

9　【역주】〈구황가狗皇歌〉에서 성姓을 내려 주는 장면은 다음과 같다. "태자는 소반을 펼치고 있어 '반盤'자로 성을 주고, 둘째아들은 바구니를 들고 있어 '람籃'자로 성을 주었다. 셋째인 막내는 이제 막 한 살이라 황제가 전에서 이름을 지으려 하는데, 마침 뇌공이 구름에서 우르릉 우레 소리를 내니, 지필로 적어 성을 '뇌雷'라고 하였다(太子盤張姓盤字, 二子籃裝便姓籃. 第三小子正一歲, 皇帝殿里拿名來, 雷公雲頭響得好, 紙筆記來便姓雷)."

는 표주박(瓠)이 먼저 있었고, 이후 나무속을 파낸 기물, 직조물, 빚어 만든 도기, 그 후 주조한 기물이 있었다. ㅐ자를 옆으로 뉘이면 ㅛ가 되며, ◡는 박을 가른 모양이고, 아래에 있는 ㅛ는 받침부분이다. 그러므로 풍風성과 반槃성은 처음에는 모두 박(瓠)에서 나온 것이다.

	전승지역과 구연자	남자 아이	여자 아이	가장	적수	선물	홍수	홍수 피하기	점치기와 결혼	조인 (造人)	채록자
1. 湘西苗人 이야기(1)	湖南鳳凰苗人 吳文詳 술	오빠	여동생	Ay Pégy Koy Péiy	Koy Soy		뇌공이 노하여 홍수를 수십 일간 일으킴	남매가 각자 오이에 들어가 홍수를 피함	맷돌던지기, 동서로 나뉘어 달리기	고깃덩어리를 낳아 잘라서 버리니 사람으로 변함	芮逸夫
2. 西苗人 이야기(2)	鳳凰北鄕苗人 吳良佐 술	아들	딸	Koy Peny	Koy Soy		뇌공이 홍수를 7일 동안 일으킴	함께 조롱박에 들어감	금붕어노인 이 길을 놓아 연결해줌		芮逸夫
3. 儺公儺 母歌	吳良佐 抄	오빠 (伏羲)	여동생	張良	Koy Soy		옥황상제가 홍수를 칠일동안 일으킴	함께 조롱박에 들어감	각자 東山과 南山에 가서 향을 피워 올리자 연기가 합쳐짐	고깃덩이를 낳아 자르니 12명의 동남동녀가 나옴	芮逸夫
4. 儺神起 源歌	湖南乾縣城北 鄕仙鎭營苗人 石啓貴 抄	아들	딸	禾壁	禾聳		뇌공이 홍수를 칠일 동안 일으킴	남매가 함께 仙瓜에 들어감	대나무쪽 던지기와 맷돌 던지기	이상한 胎를 낳아 잘라 버리니 사람이 됨	芮逸夫
5. 苗人 이야기		남동생	누나		다른 남녀 한 쌍			나무북에 들어감	맷돌 굴리기, 바늘과 실 던지기	계란 같은 것을 나아 쪼개니 사람으로 변함	Savina, F. M.
6. 黑苗洪 水歌		남동생 (A-zie)			형 (A-F'o)		우레가 홍수를 일으킴	아우가 조롱박에 들어가 홍수를 피함	맷돌굴리기, 칼 던지기	손발이 없는 아이를 낳아 잘라서 버리니 사람이 됨	Clarke, Samuel, R.
7. 八寨黑苗 전설	貴州八寨	오빠	여동생 (이웃)	늙은 바위 (아홉 개의 알 중 가장 연소자가 땅을 다스림)	우레 (아홉 개의 알 중 가장 연장자가 하늘을 다스림)	우레가 남매에게 조롱박을 심으라고 함	우레가 홍수를 일으킴	조롱박에 들어감	결혼	인류를 번성시킴	吳澤霖

	전승지역과 구연자	남자 아이	여자 아이	가장	적수	선물	홍수	홍수 피하기	점치기와 결혼	조인 (造人)	채록자
8. 短裙黑苗 전설	貴州爐山麻江 丹江八寨等縣 交界處	막내 남동생	어린 여동생		바위알에서 12형제가 나오고 큰형이 살해되어 뇌공으로 변하여 하늘로 올라감		막내아우가 형들을 죽이자 뇌공이 홍수를 일으켜 복수함	막내동생이 법술을 부려 하늘로 올라감	물이 빠지자 누이동생과 만나 결혼함	눈도 없는 둥근것을 낳아 잘라 부수니 사람으로 변함	吳澤霖
9. 花苗 이야기		남동생	여동생	큰오빠	노부인 (하늘에서 내려옴)			남동생과 여동생이 나무북에 들어감	맷돌을 던짐 바늘과 실을 던짐	손발이 없는 아이를 낳아 잘라버리니 사람이 됨	Hewitt, H. J.
10. 花苗洪水 滔天歌	貴州	둘째오빠 (智萊)	여동생 (易明)	큰오빠 (愚皇)	큰오빠 (愚皇)		安樂世君이 홍수를 일으킴	삼나무배			楊漢先
11. 花苗洪水 이야기	貴州威寧	남동생	여동생	오빠				나무북			陳國鈞
12. 雅雀苗 이야기	貴州남부	오빠 (Bui Fu-hsi)	여동생 (Ku-eh)					조롱박에 들어가 홍수를 피함			Clarke
13. 生苗 이야기(1)	貴州	오빠	여동생								陳國鈞
14. 生苗 이야기(2)	貴州	큰오빠 (恩-땅에 삶)	여동생 (媚-땅에 삶)		둘째오빠 (우레-하늘 에 삶)						陳國鈞
15. 生苗洪水 造人歌	貴州	오빠 (恩-땅에 삶)	여동생 (媚-땅에 삶)		큰오빠 (우레-하늘 에 삶)						陳國鈞

	전승지역과 구연자	남자 아이	여자 아이	가장	적수	선물	홍수	홍수 피하기	점치기와 결혼	조인 (造人)	채록자
16. 生苗起源歌 (1)		오빠	여동생								陳國鈞
17. 苗起源歌 (2)	貴州	오빠 알에서 태어남	여동생								陳國鈞
18. 生苗起源歌(3)	貴州	오빠 불나방알에서 태어남	여동생		뇌공(다른 불나방알에서 태어남)						陳國鈞
19. 人洪水歌	貴州	오빠 (伏羲)	여동생								
20. 苗人譜本	廣西북부	오빠 (張良-또는 姜良)	여동생 (張妹-또는 姜妹)	卷氏부인(칠 남매를 낳음)	雷公雷母	뇌공이 仙瓜씨앗을 줌					徐松石
21. 偏苗洪水橫流歌	廣西西隆	오빠(伏羲)	여동생				홍수				雷雨
22. 瑤人洪水 이야기	廣西融縣 羅城	딸(伏羲)	아들	아버지	雷公	뇌공이 준 이빨을 심으니 조롱박이 됨	하늘에서 홍수를 일으킴				常任俠
23. 葫蘆曉歌						뇌공이 준 이빨을 심으니 벽돌이 나서 박을 깨니 둥근 배가 됨	寅卯 2년 홍수가 일어남				
24. 瑤人 이야기	廣西武宣修仁 之間	아들		神人		뇌공이 준 이빨을 심으니 벽돌이 나서 박을 깨니 둥근 배가 됨	홍수				常任俠

	전승지역과 구연자	남자 아이	여자 아이	가장	적수	선물	홍수	홍수 피하기	점치기와 결혼	조인 (造人)	채록자
25. 瑤五穀歌	廣西三江	오빠 (伏羲)	여동생				寅卯 2년 홍수가 일어남				樂嗣炳
26. 板瑤盤 王歌	廣西象縣	오빠 (伏羲)	여동생				7일 동안 홍수				
27. 儂瑤盤瑤 盤王書中 洪水歌	廣西都安	오빠 (伏羲)	여동생	蔣家			7일 동안 홍수				
28. 盤瑤 이야기	鎭邊盤瑤 盤有貴 述	오빠 (伏羲)									
29. 盤瑤 이야기	灌陽布坪鄕	남자아이	여자아이	盤王		반왕이 떨어뜨린 이빨을 심으니 박(瓜)이 달림	3년 6개월 비가 내림				
30. 紅瑤 이야기	廣西龍勝三百 坤紅瑤 張老老 述	오빠 (姜良)	여동생 (姜妹)	姜氏증조모 (6남매 또는 7남매를 낳았음)	雷公雷婆	뇌공뇌파가 흰 박(瓜)씨를 줌	큰 비가 내려 水災				徐松石
31. 東隴瑤 이야기	上林東隴瑤 藍年 述										陳志良
32. 藍靛瑤 이야기	田西藍靛瑤 李秀文 述					仙人이 박(瓜)씨를 줌	큰 비가 내려 水災				陳志良
33. 背籠瑤 이야기	凌雲背籠瑤 臘承良 述						오랜 비가 내려 水災				陳志良
34. 背籠瑤遺 傳歌	臘承良 譯										陳志良

	전승지역과 구연자	남자 아이	여자 아이	가장	적수	선물	홍수	홍수 피하기	점치기와 결혼	조인 (造人)	채록자
35. 蠻瑤 이야기	廣西東二關蠻瑤侯玉寬 述										陳志良
36. 獨侯瑤 이야기	都安獨侯瑤蒙振彬 述	오빠 (伏義)	누이								陳志良
37. 西山瑤 이야기	隆山西山瑤袁秀林 述	特門 (伏義)	馱豆	卜白 (천상에 살며 우레와 비를 관장함)	雷王 (지하에 삶)						陳志良
38. 儂人 이야기	都安儂人韋武夫 述				仙人						陳志良
39. 倮儸 이야기		남동생	여동생		두 오빠						Vial, Paul
40. 夷人 이야기	雲南尋甸鳳儀鄕黑夷李忠成宣威普鄕白夷田靖邦 述	셋째아우	미녀			백발노인이 나무통을 만들라고 가르쳐줌					馬學良
41. 漢河倮儸 이야기	紅河上游漢河丙冒寨夷人白成章 述										邢慶蘭
42. 老亢 이야기	雲南西南邊境耿馬土司地蚌隆寨	오빠	여동생						결혼		芮逸夫
43. 栗粟 이야기	耿馬土司地大平石頭寨	오빠	여동생						결혼		芮逸夫
44. 大涼山倮儸人祖 전설(1)	西康甯族夷族	Gomzazi 鹽源일대에서는 Domzanyo 라고 부름			天公						莊學本

	전승지역과 구연자	남자 아이	여자 아이	가장	적수	선물	홍수	홍수 피하기	점치기와 결혼	조인 (造人)	채록자
45. 大凉山倮 儸人祖 전설(2)		오빠	天女				홍수범람				莊學本
46. 東京蠻族 이야기		오빠	여동생 (Pbu-Hay-M ui)	Chang LÔ-CÔ			홍수범람		결혼		e. Lajonquiere, Lunet
47. 바나르 (Bahnars) 이야기	코친차이나	오빠	여동생				홍수범람				Guerlack
48. 아미 (Ami)이야기	대만	오빠	여동생				홍수범람		결혼		Lshii, Shinji
49. 브닐 (Bnils) 이야기	인도중부	오빠	여동생				홍수범람		결혼		Luard, C. E.

<표 2>

홍수를 피하는 도구	이야기번호		총계
조롱박류(瓠, 瓢瓜)	2 · 3 · 6 · 7 · 12 · 20 · 24 · 25 · 26 · 27 · 28 · 32 · 33 · 36 · 37 · 41 · 43	17	자연물 52.2%
박과 식물(仙瓜, 오이, 南瓜)	1 · 4 · 13 · 15 · 29 · 30 · 31 · 34 · 36	9	
북(木鼓)	5 · 9 · 11 · 19 · 21 · 22 · 23	7	
항아리	25	1	인공물 41.8%
나무인형, 나무절구, 상자	39 · 40 · 47 · 48 · 49	5	
침대	42	1	
배(오동나무배, 삼나무배)	10 · 14 · 38 · 44 · 45	5	

<표 3>

	造人의 소재			이야기번호	총계	
제1조	사물 속에 사람이 숨음	조롱박	남녀가 조롱박에서 나옴	41	1	4
		박(瓜)	남녀가 박꽃(瓜花)에서 열매 맺어 박 속에 들어감	30	1	
		북	북을 만들고 인류가 그 속에 들어감	19 · 21	2	
	사물이 사람으로 변함	박(瓜)	박씨(瓜子)는 남자로, 박속은 여자로 변함	28	1	
	사람이 사물을 낳고 사물이 다시 사람으로 변함	박(瓜)	박을 잘게 썰자 그 조각들이 사람으로 변함	13 · 18 · 42	3	4
			박씨를 파종하자 박씨가 사람으로 변함	46	1	
제2조	사물을 닮았거나 사람의 모습이 아닌 자식을 낳아 가르고 쪼개자 사람으로 변함	사물을 닮음	박(瓜)을 닮음	8 · 14 · 15 · 16	4	24
			계란을 닮음	5	1	
			숫돌새끼	29 · 34 · 36	3	
		사람의 형태를 갖추지 못함	고기공, 고기경단(陀), 고기덩이	1 · 3 · 20 · 26 · 33	5	
			수족(팔다리), 머리와 꼬리(위아래의 구분), 이목구비가 없음(얼굴이 없음)	6 · 9 · 11 · 12 · 16 · 31 · 32 · 35 · 37	9	
			괴상한 태반	4	1	
			피 담는 그릇	27	1	

원이둬聞一多, 치열했던 47년의 삶

총명했던 한 소년

중국의 저명한 시인이자, 문학연구자, 그리고 항전기(1937~1945)의 대표적 신화학자인 원이둬聞一多(1899~1946)는 호북성湖北省 희수현浠水縣에서 태어났다. 본명은 원자화聞家驊이고 자字는 유싼友三인데 후에 이둬一多로 개명하였다. 그는 파하진巴河鎭이라는 한적한 마을의 전형적인 사대부 집안에서 태어나 어려서 엄격하고 전통적인 가정교육을 받으며 자랐다. 1909년에 그의 부친이 그를 무창武昌으로 데려가 양호사범兩湖師範 부속 소학교에 입학시키면서 그는 도시에서 새로운 교육을 받으며 신학문에 대한 안목을 넓히게 된다.

당시 무창은 여러 가지 사조가 활발하게 전개되고 있었고, 양무파·유신파·혁명파 등도 활발히 활동을 벌이고 있었다. 원이둬가 무한에서 공부한 지 3년째가 되던 1911년, 쑨원孫文을 중심으로 한 신해혁명辛亥革命이 일어난다. 아직 어린 나이였던 원이둬는 혁명의 승리를 보며, 민국民國이 수립되었으니 노쇠해진 중국이 이제는 강성해지리라는 희망을 가졌었다고 한다. 위안스카이袁世凱를 중심으로 하는 세력들은 제

국주의와 결탁하여 혁명파에 대항하여 정권을 무너뜨리려 하였고, 그
위협은 신해혁명의 본거지인 무한武漢까지 미쳤다. 많은 주민들이 피
난을 떠났고 원이둬도 고향으로 돌아왔다. 고향에 돌아온 그는 고향
사람들에게 혁명당의 활동을 생생하게 들려주었고, 자신도 더 이상 돼
지꼬리 같은 변발辮髮을 하지 않기로 결심한다.

청화학교 시절과 결혼

위안스카이에게 정권이 넘어간 후 원이둬는 무창으로 돌아가 소학
교를 마친 후, 1912년 가을 북경北京의 청화학교淸華學校에 입학하게 된
다. 1911년에 정식으로 설립된 청화학교는 그 당시 중등과정 4년, 고등
과정 4년 총 8년 과정으로 이루어져 있었으며, 미국 유학을 위한 일종
의 예비학교였다. 어려서부터 남달리 총명했던 원이둬는 호북성에서
입학시험 기회가 주어진 2명 중 한 명으로 합격한 수재였다. 하지만 영
어를 배운 적이 없었던 그는 첫해에 낙제를 한다. 청화학교 자체의 학
제나 행정체계가 전반적으로 미국식이었던 것이다. 지방 출신이었던
그로서는 학교에 적응하는 데 시간이 필요했던 것 같다. 또한 학교가
전적으로 미국식 관습이나 교수법을 따르는 것에 대해서도 비판적인
견해를 지니고 있었고, 이런 소회를 「미국화된 청화(美國化的淸華)」라는
글에 담았다.

이후 원이둬는 점차 성장해간다. 학업에서도 뛰어난 성취를 거두었
지만, 학내의 문제나 사회 문제에 대해서도 관심을 가지고 의견을 개

진하는 등 활발한 실천을 하였다. 학내에서 간행되는『청화주간清華週刊』이나『청화학보清華學報』의 편집일을 맡기도 하였다. 그런데 그가 가장 뛰어났던 것은 다름 아닌 미술이었다. 그는 어려서부터 그림 그리기를 즐겨했고, 그의 작품은 항상 뽑혀서 미술실에 전시되곤 하였다. 그는 또한 문학에도 조예가 깊었다. 그는 중국의 고전시부터『천연론天演論』[1]에 이르기까지 폭넓은 독서를 하였고, 영미의 저명한 시인들의 작품도 읽곤 하였다. 그의 이러한 문학적 소양은, 1917년 천두슈陳獨秀, 리다자오李大釗 등이 주축이 된 신청년파新青年派의 신문학운동이 일어났을 때 자연스레 이 흐름에 참여하는 요인이 되었다. 그야말로 다재다능한 그의 진가가 발휘되던 시절이었다.

1919년 5·4운동이 일어나자 원이둬는 학생회 서기書記로서『청화주간清華週刊』에 군벌정권을 비판하는 글들을 발표하기도 하고, 새로운 형식의 신시新詩를 창작하고, 연극활동에도 참가하였다. 또한 청화학교 학생대표로 상해上海에서 열린 학생연합회성립대회學生聯合會成立大會에 참가하기도 하는 등 활발한 운동을 벌인다. 그러다 1921년 북경의 교수들과 북양군벌 사이에 유혈충돌이 발생하게 된다. 이때 청화학교를 비롯한 북경의 많은 학교 학생들이 수업 거부를 결의하며 항의하였다. 학교 당국은 수업 거부하는 학생들을 모두 1년 유급시키기로 결정

1　『천연론』은 영국의 동물학자 토머스 헨리 헉슬리Thomas Henry Huxley(1825~1895)의 1894년작『진화와 윤리(*Evolution and Ethics*)』를 중국의 옌푸嚴復가 번역하고 나름의 해설을 덧붙인 책이다. '살아남은 적자가 항상 옳거나 좋은 것'이라거나 '진화는 진보이고 좋은 것'이라는 식의 사회적 진화론에 반대한 헉슬리의 의도와 달리, 중국에서『천연론』은 진화론은 약육강식과 적자생존을 국제사회에서 중국이 살아남기 위한 이치로 받아들이며 사회적 다윈주의의 개론서로서 수용되었다.

하였고, 끝까지 수업을 거부한 원이둬는 결국 유급을 당하였다. 이것이 그가 8년 과정의 청화학교를 10년 만에 졸업하게 된 연유이다.

1922년 봄에 그는 고향으로 돌아가 결혼을 한다. 부모에 명에 따른 결혼이었지만 부부 사이는 좋은 편이었다고 한다. 하지만 결혼식 당일의 일화는 그가 얼마나 책벌레였는지를 알게 해 준다. 원이둬가 결혼하는 날, 친척과 친구들을 비롯한 하객들이 그의 집으로 모여들었다. 한참이 지나도록 신랑이 보이지 않았다. 하객들은 아마 신랑이 옷을 갈아입고 몸단장을 하러 갔나보다고 생각했다. 가마가 막 도착하고 나서야 하객들은 방안에 있는 그를 발견했다. 그는 그때까지도 낡은 장포長袍를 입은 채로 책을 읽고 있었다. 이렇게 그는 한번 책을 읽었다하면, 그 책에 푹 빠져서 헤어 나오지 못할 정도였다고 한다.

3년간의 미국 유학

결혼과 졸업 후 원이둬는 짧은 신혼 기간을 보내고, 1922년 여름 청화학교 졸업생 50여 명과 함께 미국으로 유학을 떠난다. 원이둬는 처음 시카고대학 미대에서 서양화 공부로 유학생활을 시작한다. 시카고 미술대학에서 1년간 그는 미술 공부와 시 창작에 전념하였다. 또 서양의 많은 고전문학 명저들과 서양의 근대시, 현대 영미시를 두루 읽었는데, 이후 그의 시 창작에는 이때의 독서가 많은 영향을 미치게 된다. 그런데 한편 그는 유색인종에 대한 서양인들의 편견과 차별을 접하며 정신적인 갈등과 좌절을 느끼게 되었다고 한다.

　1년 후 그는 친한 친구인 량스추梁實秋가 입학한 콜로라도대학으로 전학한다. 이곳에서 그는 미술학과 교수에게 그 실력을 인정받아 뉴욕에서 1년에 한 번 열리는 전람회에 출품하여 좋은 평가를 받기도 하고, 신시 창작도 꾸준히 하였다. 1923년에는 그의 첫 번째 시집 『홍촉紅燭』이 출판된다. 여기에는 1920년부터 1922년 사이에 지은 시 103수가 실렸다.

　콜로라도에서 1년을 보낸 그는 1924년 다시 뉴욕의 한 예술대학으로 전학한다. 청화학교 출신의 친구들이 대부분 동부에 있기도 했거니와, 량스추 역시 하버드대학으로 옮긴 것이 동기가 되었던 것 같다. 뉴욕에 와서도 그는 여전히 그림을 그리고, 시를 쓰고, 연극에 참여했다. 그가 이 시기 시 창작에 더욱 정열을 쏟게 된 데에는 미국에서 겪었던 민족적 자존심의 상처와 고난의 시기를 보내는 조국에 대한 그리움이 원인이 되었다. 그러던 중 그는 미국 유학을 중단하기로 결정한다. 당시 국비 유학생들은 5년간 국가의 지원을 받으며 졸업을 할 수 있었다. 그런데 3년 만에 유학을 그만두게 된 데에는 여러 가지 원인이 있을 것이다. 하지만 무엇보다 그는 자신이 배우고자 했던 서양화가 중국화보다 더 나을 것이 없다고 느껴서 서양화가가 되려던 생각을 접었다고 회고한다.

시인과 학자로서의 치열한 삶

　1925년 초여름, 스무 일곱 살이 된 원이둬는 아내와 딸이 있는 고향으로 돌아온다. 얼마 후 그는 국립북경예술전문학교國立北京藝術專門學校

의 교무장으로 초빙되어 가족과 함께 북경으로 간다. 당시 북경에는 시인과 문인들의 모임이 열리고, 문예잡지를 내는 등 문학가들의 활동이 활발하게 펼쳐지던 시기였다. 1926년 4월 원이둬는 대표적인 낭만주의 시인 쉬즈모徐志摩, 라오멍칸饒孟侃 등과 함께 『북경신보北京晨報』의 부간副刊으로 『시휴詩鎸』를 창간한다. 여기에는 이들이 중심이 되었던 격률시파의 작품들과 논고들이 실렸고, 그러면서 원이둬는 쉬즈모와 함께 신시로 이름을 날리게 된다. 그는 또한 '북경국가주의단체연합회北京國家主義團體聯合會'를 결성하기도 하였다. 그 당시 이른바 '국가주의'는 '공산주의'와 대립하며 각축을 벌이는 주장이었는데, 원이둬는 그 당시 마르크스주의자는 아니었다고 할 수 있다.

그는 이렇게 활발한 사회적 활동과 함께 이름을 알리게 되었지만, 당시 그의 생활은 안정되지 않았던 것으로 보인다. 일례로 그는 1926년 한 해에만 상해, 무한武漢, 남경南京을 오가며 계속 직장을 바꿔야했다. 하지만 1927년 남경 중산대학中山大學에서 그를 교수로 초빙하면서 생활이 안정되기 시작한다. 그해 쉬즈모, 량스추, 후스胡適 등은 상해에서 신월서점新月書店을 열고 이듬해인 1928년 3월에 월간지 『신월新月』을 창간하였는데, 원이둬 역시 편집인으로 적극 참여한다. 또한 그의 두 번째 시집인 『사수死水』를 출판한다.

1928년에 원이둬는 국립 무한대학武漢大學 문과대학 학장 겸 중문과 주임으로 가게 된다. 중문과로 옮기게 되면서 그의 관심사가 중국 고전문학 연구로 확장된다. 이전의 원이둬가 주로 시인이었다면 이후의 원이둬는 시인이자 중국문학을 연구하는 학자로 거듭나게 된 것이다. 이후 그는 청도대학靑島大學을 거쳐 1932년 모교인 청화대학淸華大學 중

원이둬가 마지막으로 살았던 운남성雲南省 곤명시昆明市의 숙소 앞에 그려진 원이둬의 초상

문과 교수로 가게 되었고, 청화대학에 있는 5년간 광범위한 중국문학 연구를 하게 된다. 청화대학에서 재직한 5년 동안 그는 당시唐詩뿐만 아니라 『시경詩經』, 『초사楚辭』, 한漢 악부시樂府詩에 대해 연구하였고, 특히 『시경』과 『초사』에 대해 훌륭한 논문들을 발표하기도 하였다.

하지만 1937년 중일전쟁이 일어나면서 청화대학, 북경대학, 남개南開대학 세 대학이 전화戰火를 피해 운남성雲南省 곤명昆明으로 옮겨가 서남연합대학西南聯合大學을 이루게 되고, 이에 원이둬도 곤명으로 옮겨간다. 그런데 이 시기는 그에게 학문적, 사상적 전회의 시기였다고 할 수 있다. 우선 학문적으로는 민속학과 문화인류학, 신화학 분야에 관심을 기울이게 되었다. 이렇게 된 데에는 중국의 신화학, 인류학이 그 당시에 상당한 발전을 이루며 학문적 축적이 이루어진 것도 있지만, 서남연합대학이 자리 잡게 된 운남성과 그 일대의 중국 서남부가 중국에서 소수민족들이 가장 밀집되어 있던 지역이라는 것도 원인이 되었다. 이 시기에는 중국의 모든 학문의 중심이 서남연합대학으로 옮겨오면서 원이둬뿐만 아니라 수많은 신화학자, 인류학자들이 서남소수민족의 문화와 민속과 신화를 연구하는 분위기였다. 항전기 중국신화학을 대표하는 걸작『복희고』는 바로 그런 분위기에서 탄생한 것이다.

한편 그에게는 사상적 전회도 찾아온다. 국민당 정부와 공산당 정부가 대립하기 시작한 1940년 이후 그는 민주동맹民主同盟에 가입하는 국민당 정부에 반대하는 정치투쟁을 적극적으로 펼치게 된 것이다. 일본의 제국주의의 침략을 물리치지 못한 상태에서 공산당과의 분열 대립과 헤게모니 싸움에 혈안이 되어 있는 국민당에 대한 실망, 그리고 당시 국민당 정부의 지독한 비리와 부패에 대한 환멸이 그의 이러한 사상적 전회를 불러온 것으로 보인다. 그는 이른바 민주혁명투사가 되어 외부 집회나 모임에도 적극 참여한다. 이 당시 그의 시는 강한 사회성과 풍자성, 투쟁의식을 띠며, 잡문 창작 역시 그의 투쟁의 무기가 되었다. 그러던 중 1946년 7월 15일, 원이둬는 국민당에게 암살당한 리궁푸李公朴 추모대회에서 국민당을 통렬히 비난하는 유명한 연설 '마지막 강연(最後一次的演講)'을 발표한다. 그날 오후 연설을 마치고 귀가하던 길에 원이둬는 서창파西倉坡의 숙소 입구에서 국민당 곤명경비사령부 하급군관인 탕스량湯時亮과 리원산李文山이 쏜 총에 맞아 암살당한다. 이때 원이둬의 아들 원리허聞立鶴 역시 중상을 입었다. 이렇게 그의 나이 47세, 아내와 다섯 자녀를 남기고 원이둬는 길지 않았던, 하지만 누구보다 치열했던 삶을 마감한다.

원이둬가 피살당한 서창파西倉坡의 숙소 입구

    원이둬의 주요 저작으로는『문일다전집聞一多全集』(총 8권, 上海開明書店, 1948) 외에도『동야초아평론冬夜草兒評論』(량스추梁實秋 공저, 淸華文學社, 1922), 시집『홍촉紅燭』(上海泰東圖書局, 1923)과『사수死水』(上海新月書店, 1928)와『초사교보楚辭校補』,『신화여시神話與詩』,『당시잡론唐詩雜論』등이 있으며, 신화 분야의 주요 저술로는『복희고』외에도「용봉龍鳳」,「강원리대인적고姜嫄履大人迹考」,「고당신녀전설분석高唐神女傳說分析」,「신선고神仙考」,「〈구가〉란 무엇인가(甚麼是九歌)」와『천문소증天問疏證』등이 있다.